AF139805

Ingo Strecker

IM GARTEN DER OMA MÖHRING

*Bibliografische Information der Deutschen National-
bibliothek:*
*Die Deutsche Nationalbibliothek verzeichnet diese
Publikation in der Deutschen Nationalbibliografie;
detaillierte bibliografische Daten sind im Internet
über http://dnb.dnb.de abrufbar.*

© *2014 Ingo Strecker*

Titelillustration: Ignazio de los Monos

*Herstellung und Verlag: BoD – Books on Demand,
Norderstedt*

ISBN: 978-3-7357 61514

„Neugier ist der Katze Tod."

Der Westen Englands, 1856

Es war ein freundlicher Tag, als Angus Scofield die Tür seiner Hütte schloss. Fast schien es, als wolle die freundliche Sonne an diesem goldenen Herbsttag alle Ängste und Zweifel, die verdammte Ungewissheit, aus seinem Kopf verdrängen. Scofield atmete tief durch und schulterte seinen mit wenigen Habseligkeiten und Proviant gefüllten Korb. Dann machte er sich mit kräftigen Schritten auf den Weg und eilte seinen Töchtern hinterher, ohne ein letztes Mal zurück zu blicken. Er hatte sich die Entscheidung nicht leicht gemacht, seinen kleinen Hof und das dazugehörige Land für eine eigentlich viel zu geringe Summe an William Fowley zu verkaufen. Ausgerechnet Fowley, der ihm gegenüber selten ein gutes Wort verlor. Doch Scofield hatte keine Wahl. Er war schlicht und einfach an seine Grenzen gelangt. Sein Vieh war eingegangen und die Ernte dieses Sommers zu mager, um ihn und seine Kinder durch den kommenden Winter zu bringen. So hätte er durch ein längeres Zögern bei dem Verkauf nur seine Existenz und besonders die seiner Kinder gefährdet.

Die Mädchen Katie und Beryl glichen sich bis aufs Haar und waren für einen Fremden so gut wir gar nicht auseinander zu halten. Ihre Mutter war bereits vor zwei Jahren am Fieber verstorben. Natürlich waren die Zwillinge ihrem Vater eine große Hilfe, aber sie waren nur Kinder, die ihre Mutter bei der harten Arbeit auf dem Hof nicht ansatzweise ersetzen konnten. Scofield wuchs die Arbeit irgendwann einfach über den Kopf. Er hatte gehört, dass es ausreichend Arbeit in einer der Zinnminen nahe Camborne geben sollte und man dort immer Männer brauchte, die zupacken konnten. Dort würde er sicher genug Geld verdienen, um sich und seinen Töchtern ein neues Zuhause aufzubauen.

Es dauerte ungefähr drei Tagesmärsche, um Camborne zu erreichen, wenn die Kinder das Tempo durchhalten könnten. Im Moment waren Scofields Töchter zum Glück trotz der ungewissen Zukunft ausgelassen und fröhlich, was nicht zuletzt an den optimistischen Ausführungen ihres Vaters lag. Singend und lachend liefen sie vor Scofield, der mit immer größer werdender Entfernung zu seinem Haus zunehmend überzeugter wurde, das Richtige getan zu haben.

Gegen Mittag machten die drei im Schatten einer alten Eiche Rast. Als Verpflegung gab es Trockenfleisch, Wasser und etwas Brot. Die kleine Familie hatte schon lange gelernt, mit dem Geringsten auszukommen und so reichte eine kleine Portion, um alle zufrieden zu stellen. Nach der kurzen Pause wollte Scofield schnell weiterziehen, um nicht zu viel Zeit zu verlieren.

Er blickte auf, als aus einem etwas entfernten Waldstück eine Person hervortrat. Sie kam direkt auf die Familie zu und Scofield war auf der Hut. Als die Figur näher kam, war er dann umso erleichterter, dass es sich nur um eine Frau handelte. Zuviel Gesindel trieb sich herum und er musste stets alarmiert bleiben, um sich und seine Töchter bei Gefahr zu schützen. Die blonde Frau kam mit kräftigen Schritten näher und nun sah Scofield, dass sie noch jung war und auf dem Rücken einen Korb trug, der nicht sehr schwer schien.

„Guten Tag", grüßte die Frau ihn mit einem freundlichen Lächeln.

„Guten Tag", erwiderte Scofield brummig. Ohne zu fragen nahm die Frau neben Scofield und seinen Töchtern Platz. Die Kinder blickten misstrauisch und rückten ein gutes Stück von ihrem Vater und der Frau ab, als wäre ihnen die unbekannte Fremde auf irgendeine Art und Weise unangenehm. Sie grüßten erst artig, nachdem ihr Vater sie mit strengem Blick dazu aufforderte, blieben aber auf Distanz. Dann fuhren die Mädchen mit der Nahrungsaufnahme fort.

„Ein schöner Tag zum Reisen. Seid ihr schon lange unterwegs, Sir?", fragte die Frau, während der leichte Wind ihr das blonde Haar ins Gesicht wehte.

„Nun, ein paar Stunden sind es bereits. Doch wir

müssen noch ein gutes Stück", erwiderte Scofield, dessen anfängliches Misstrauen in Anbetracht seines hübschen Gegenübers schwand.

„Ich sehe, ihr habt Eure Mahlzeit bereits so gut wie hinter Euch."

„Ja, Miss, und wir können leider nicht mit Euch teilen."

„Das macht nichts, Sir. Ich bin nicht hungrig. Darf ich Euch aber vielleicht noch ein Getränk reichen? Vielleicht hilft etwas mehr als Wasser, Euren Weg zumindest heute ein wenig leichter zu machen." Scofield wusste nicht so recht, was die Frau wollte.

„Worauf wollt Ihr hinaus, Miss? Habt ihr denn mehr als Wasser zu bieten?", fragte er etwas skeptisch.

„Das will ich meinen. Wie wäre es mit einem Schluck Wein? Ich soll ihn zwar auf dem Markt in Cranford verkaufen, aber ein kleiner Schluck weniger wird wohl kaum ins Gewicht fallen."

Scofield konnte dieses verlockende Angebot nicht ausschlagen. „Nun, dann will ich nicht Nein sagen. Gebt mir ruhig etwas von Eurem Wein. Macht Ihr euch eigentlich keine Sorgen, so ganz allein den ganzen langen Weg nach Cranford zu gehen?"

Die Frau lächelte freundlich. „Nein, nein, mir ist noch nie etwas passiert und das wird es auch nicht. Wohin führt Euer Weg?"

Scofield war sich nun sicher, dass er der Frau vertrauen konnte. „Wir sind auf dem Weg nach Camborne."

„So wie ich es sehe, haben wir bis zu meinem Ziel tatsächlich den gleichen Weg, also bin ich ja nicht so allein, wie Ihr annehmt."

„In der Tat," erwiderte Scofield nun freundlich. „Und wir teilen uns den Weg mit Euch gern."

Die junge Frau holte eine bauchige Flasche aus ihrem Korb und füllte lächelnd etwas Wein in Scofields tönernen Becher, der in seiner wuchtigen Hand viel zu klein wirkte. Er nahm einen kräftigen Schluck und lehnte sich zufrieden zurück, während er seine Töchter betrachtete, die mittlerweile im hohen Gras umher tollten.

„Euer Wein schmeckt vorzüglich, Miss", brachte er hervor, während er schläfrig wurde. Die Müdigkeit übermannte Scofield, ohne das er es verhindern konnte.

Verschwommen nahm er wahr, wie die junge Frau die Kinder ergriff, gegen ihren Willen davon zerrte und mit ihnen in Richtung des Waldes eilte. Sie riefen ihren Vater, aber es war ihm auf seltsame Art egal. Dann verschwanden seine Töchter mit der Frau im Dickicht. Es war das Letzte, was Scofield in seinem Leben sah....

Deutschland, 1982

Michael hielt sich schützend die Hand über die Augen und blickte zum Himmel. Die Sonne hang ungehindert im wolkenfreien Blau und bereits zu dieser frühen Stunde sorgte sie für ordentliche Temperaturen. Es war Sommer, genauer gesagt die Sommerferien. Michael schwang sich auf sein Fahrrad und radelte einfach drauf los. So wie er es immer machte, nachdem seine Mutter erneut den Entschluss gefasst hatte, dass sie in ihrem Leben etwas ändern musste.

Das bedeutete in der Übersetzung, sie hatte mit ihrem letzten Freund wieder nicht den Mann fürs Leben gefunden und verarbeitete diesen persönlichen Misserfolg durch berufliche und räumliche Veränderung – bereits zum 5. Mal innerhalb der letzten sechs Jahre.

Michael hieß eigentlich Michael René, doch der Zweitname war ihm irgendwie peinlich und wurde darum stets verheimlicht. Er war trotz der bemühten Partnersuche seiner Mutter gar nicht so versessen darauf, dass sie ihm in regelmäßigen Abständen verschiedene Vaterfiguren präsentierte.

Er hatte sich längst daran gewöhnt, allein mit seiner Mutter klarzukommen und brauchte keine Uwes, Rolfs oder Erichs, die sich um ihn bemühten, nur um mit seiner Mutter zusammen zu sein.

Wenn er nur an den letzten Erich dachte, der ihn zwangsbefreunden wollte, wurde ihm fast übel. Das war so ein richtig langweiliger Typ mit Glatze, der wohl mal gehört hatte, dass Jungen in Michaels Alter sich ohne Ausnahme nur für Fußball und Autos interessierten.

Nach dem Aufsehen erregenden Besuch einer Automobilausstellung war dieser Erich schlauer, Michaels Mutter sauer und er selbst froh, dass der komische Mann auf weitere skandalöse Auftritte in der Öffentlichkeit keine Lust mehr hatte und so schnell verschwand, wie er aufgetaucht war. Wo fand seine Mutter diese Gestalten nur immer? Von diesem Zeitpunkt an zog es Michaels Mutter jedenfalls vor, ihn von ihren Bekanntschaften so lange wie möglich fernzuhalten. Darüber war er froh.

Und er machte sich auch nur noch selten Gedanken über seinen leiblichen Vater. Eigentlich hatte er eh nur ein verschwommenes Bild des Mannes, der in seinen Erinnerungen irgendwie aussah wie eine marokkanische Variante des öligen griechischen Schlagersängers Costa Cordalis und der ihm nicht viel überlassen hatte außer eines arabisch wirkenden Aussehens mit schwarzem, lockigem Haar. Michael gehörte sicher nicht zu den größten Kindern seiner Altersklasse, doch das machte er durch ein recht selbstbewusstes Auftreten wett. Vielleicht hatte er auch das von seinem Vater geerbt.

Sein Erzeuger hatte Michael und seine Mutter verlassen, als der Junge fünf Jahre alt war. Wo er nun steckte, ob in Marokko oder im Knast, wusste niemand und was Michael anging, konnte das auch so bleiben. Er fühlte sich mit seinen 13 Jahren schon fast erwachsen und war auf keinen Vater mehr angewiesen.

Jetzt war seine Mutter mit dem Einrichten der neuen Wohnung beschäftigt und Michael hatte wie schon in der Vergangenheit nicht die geringste Lust, ihr dabei zu helfen. Alles was er hoffte war, dass sein Zimmer abends soweit fertig wäre, damit er am nächsten Morgen nach dem Aufstehen seine Sachen auspacken und in Schränke und auf Regale einsortieren konnte. Seine Sachen - da war er eigen - fasste niemand ungefragt an. Selbst seine Mutter war da keine Ausnahme.

So erkundete Michael nun lieber allein seine neue Umgebung. Er radelte die beschauliche Straße entlang, die über wenige Bäume verfügte und somit kaum schützende Schattenoasen in der Sonne bot. Alte Doppelhaushälften und meist in den 50er Jahren erbaute Mehrfamilienhäuser sausten an Michael vorbei, als er in vollem Tritt bergab fuhr.

Ein älterer Mann beäugte ihn skeptisch, während er sein Auto auf Hochglanz polierte. Es lag wohl an Michaels Aussehen, das in dieser spießigen Umgebung regelrecht exotisch wirkte. Der Opa hatte wenig über für seine ausländischen oder auch nur ausländisch wirkenden Mitbürger.

Außer dem Kraftfahrzeugliebhaber waren nur wenige Leute unterwegs. Junge Menschen in Michaels Alter waren überhaupt nicht zu sehen. Aber auch das war nicht verwunderlich, wenn man in den Ferien den Wohnort wechselte. Die meisten Familien waren sicher noch im Urlaub und mit Beginn der Schulzeit würden die gut behüteten Jungs und Mädchen schon noch aus ihren Löchern kommen.

Da er davon ausging, dass er spätestens zu den nächsten Sommerferien wieder umziehen würde, waren enge Freundschaften mit anderen Kindern eh nicht so wichtig für Michael. Wenn sich kurzzeitig Kumpel finden würden, wäre das in Ordnung, aber falls nicht, kam er auch sehr gut alleine klar.

Wie üblich hatte er seiner Mutter einen Zettel mit Informationen über seinen Verbleib hinterlassen, den sie lesen könnte, wenn sie zwischendurch eine Pause einlegen würde. Aber sie wusste schon ganz genau, dass ihr Sohn lieber mit dem Rad unterwegs war, anstatt Möbel zusammen zu schrauben.

So war Michaels Nachricht im Grunde überflüssig und er schrieb sie eigentlich eher aus Gewohnheit. Diese oberflächliche Art der Kommunikation hatte sich bei den beiden schon länger eingebürgert und beschränkte den persönlichen Kontakt zwischen Mutter und Sohn auf ein Minimum. Das machte Michael schon in seinem Alter zu einem äußerst selbständigen Jugendlichen, dessen Typus man allgemein unter dem etwas abfälligen Modebegriff „Schlüsselkind" kategorisierte.

Er fuhr weiter und erreichte einen beschaulichen Marktplatz, auf dem tatsächlich auch einige Menschen unterwegs waren, um bei den wenigen Händlern frische Waren für das anstehende Wochenende zu besorgen. Eine freundliche Blumenfrau versuchte, ihre Pflanzen an den Mann zubringen, bevor sie bei dem warmen Wetter vollends die Köpfe hängen ließen. An der Fischbude wurde schon alles zusammengepackt und die Auslage war bis auf Reste von schmelzemden Eis leergefegt.

Besonders viel Betrieb war aber noch am Metzgerstand, wo ein irgendwie schmierig wirkender bulliger Mann mit aufgesetzter Freundlichkeit Fleischwaren verkaufte. Der hünenhafte Fleischverkäufer hatte trotz seines mittleren Alters schneeweißes Haar. Aber nicht so Weiß, als wäre er gealtert. Vielmehr sah das Haar irgendwie aus, als hätte es niemals eine richtige Farbe gehabt. Auch die Augenbrauen des Metzgers waren farblos.

Seine kalten Augen waren von hellen Wimpern umrandet und irgendwie hatte sein gesamtes Erscheinungsbild etwas von einem westfälischen Hausschwein. So, als hätte jemand wie die bekannte Romanfigur Dr. Moreau aus einem Schwein einen Menschen fabriziert. Die Haut des unangenehmen Mannes wirkte irgendwie teigig und Michael stellte sich vor, dass es sicherlich das Geräusch eines ausgewrungenen Schwammes machen würde, piekste jemand dem Metzger in die Wange. Nein, bei dem würde Michael sicher kein Fleisch kaufen.

Nach einer kurzen Pause und weiterer Studie des nur bedingt unterhaltsamen Markttreibens fuhr er weiter und erreichte die westlichen Grenzen des Vororts, in den es ihn diesmal verschlagen hatte. Viel los war hier sicher nicht, es blieb also zunächst zu erkunden, was es im näheren Umland zu entdecken gab.

Entlang an Maisfeldern radelte Michael ein gutes Stück und machte im Schatten eines Baumes eine kurze Pause. Etwas entfernt konnte er den Kühlturm und die großen Kamine eines Kraftwerkes sehen. Ein Bauer fuhr mit seinem Traktor über seinen sandigen Feldweg und wirbelte dabei mächtig Staub auf, was Michael schon nach kurzer Zeit zur schnellen Weiterfahrt veranlasste.

Vorbei an weiteren Feldern führte der Radweg geradewegs zu einem großen Waldstück, dass Entdeckungen versprach Vielleicht konnte Michael dort eine wilde Müllhalde finden oder auch ein paar Frösche fangen.

Vom Waldrand führte ein einfacher Schotterweg ins Innere. Michael folgte dem Weg und bemerkte, wie es schlagartig kühler wurde, was er auf die schattenspendenden Bäume zurückführte. Je weiter er sich in das Waldstück hinein bewegte, desto ruhiger wurde es, bis schließlich nur noch das Rauschen des Windes in den Baumkronen zu hören war. Irgendwo in der Ferne machte sich ein fleißiger Specht an einem Baum zu schaffen, ansonsten war es seltsam still.

Plötzlich war der Weg zu Ende und ein Weiterkommen schien nur über einen Trampelpfad möglich, der verschlängelt ins Unterholz führte. Michaels Neugier war entfacht. Er kettete sein Fahrrad etwas abseits des Weges an einen Baum und folgte dem Fußpfad immer tiefer in den Wald.

Frisch plattgetretenes Farnkraut und anderes beschädigtes Gewächs zeugten davon, dass der Weg regelmäßig benutzt wurde, also musste es irgendwo am Ende des vielversprechenden Pfades auch ein Ziel geben.

Michael nahm einen Stock auf und wanderte weiter, wobei er die höheren Gewächse am Wegesrand mit gedankenlosen Hieben bearbeitete. Dann fand er den halb im Gebüsch liegenden Kadaver einer Katze. „Mann, warum ist die nicht schon bis auf die Knochen weg?", dachte er und begutachtete den von Faulgasen aufgeblähten Körper genauer.

Der Kopf des Tieres, aus dem die milchigen Augen hervorquollen, war auf seltsame Art verdreht. Diese Katze war sicher keines natürlichen Todes gestorben. Nun diente sie anderen Tieren als Buffet und aus Maul und Nase krochen winzig kleine Maden.

Wieder besseren Wissens stach Michael mit dem Stock in das weiche Bauchfell des Tieres, worauf sich mit einem leisen Geräusch, als wenn man die Luft aus einem Reifen lässt, eine ekelerregende Wolke aus stinkendem Gas den Weg ins Freie bahnte. Innerhalb von Sekundenbruchteilen bereute Michael seine übermütige Tat. Fast musste er sich übergeben, aber es blieb bei einem heftigen Würgereiz. Eilig ging er weiter, immer noch seinen Übermut bereuend.

Es dauerte gut 10 Minuten, dann erreichte der Junge immer noch schluckend ob des ekelerregenden Gestanks eine kleine Lichtung und fand das Ziel seines Ausflugs. Umringt von einer wild wuchernden hohen Dornenhecke stand dort eine uralte Hütte. Es war ein altes Fachwerkhaus mit einer kleinen Tür und ebenso kleinen Fenstern. Michael hatte mal im Fernsehen einen Bericht gesehen, in dem erzählt wurde, dass die Menschen früher kleiner waren. Dann musste das Haus schon sehr alt sein. So wie das kleine Gebäude nun aussah, wohnte hier jedoch schon lange niemand mehr.

Das Dach war ein einer Stelle eingebrochen und im Fachwerk klafften Löcher. Die Tür und die Fensterrahmen hatten ebenso wie das Gebälk schon lange keinen frischen Anstrich mehr bekommen und wirkten wie stark von Holzwürmern und Witterung angegriffen.

Trotz des maroden Zustandes war die Hütte aber von menschlichem Vandalismus verschont geblieben. Nicht einmal eine der Fensterscheiben war von schlecht ausgelasteten Jugendlichen beschädigt worden, was bei der abgelegenen Lage des Hauses recht verwunderlich war. Es wirkte, als würde die Hütte im Schatten liegen, was in Anbetracht der Lichtung und des überaus sonnigen Wetters keinerlei Sinn ergab.

Der Garten, wenn man ihn denn so nennen mochte, war mit mannshohem Gras und Unkraut zugewachsen. Einige feine Spinnennetze waren zwischen den Pflanzen gespannt und zeugten zusätzlich davon, dass das Haus schon länger keine Besucher mehr hatte. Ein vergammeltes eisernes Tor, scheinbar der einzige Weg auf das Grundstück, war für Michael eine Einladung, sich die Sache genauer anzusehen.

Verlassene Abrisshäuser mochte er besonders gern, denn er hatte in solchen Gebäuden schon die tollsten Sachen gefunden. Alte Fotos der ehemaligen Bewohner zum Beispiel und eine Aufklebersammlung mit alten Stickern, die schon 10 Jahre alt waren. Oder das Taschenmesser, das er sorgsam vom Rost befreit hatte und immer bei sich trug.

Sein bester Fund aber war ein toter Papagei, der in einem alten Haus noch in seinem Käfig hing und von den ursprünglichen Besitzern bei deren Auszug wohl einfach seinem Schicksal überlassen wurde. Den Schädel und die Knochen des Vogels hatte Michael feinsäuberlich gereinigt. Leider hatte Michaels Mutter die Knochen in der Küche gefunden und fast vollständig entsorgt, ehe er eingreifen konnte. Wenigstens hatte sie ihren Fehler später eingesehen.

So blieb ihm nur der Kopf des Vogels, den Michael seiner Sammlung von Tierknochen beifügte, die stets ihren festen Platz auf einem Regal in seinem Zimmer hatte und sein ganzer Stolz war. Er besaß neben dem Papageienkopf sogar schon einen gut erhaltenen Katzenschädel, einen von einem Hasen und das halbe Geweih eines Rehbocks.

Alle seine Knochenfunde hatte er zunächst abgewaschen und dann zuhause im Suppentopf abgekocht, wovon seine Mutter zum Glück keine Kenntnis hatte. Dieses Verfahren hatte er aus einem Buch über Tierpräparation. Die Knochen waren danach schön sauber und damit das so blieb, hatte Michael sie außerdem noch mit Klarlack überzogen.

Mancher Nachbar hatte in der Vergangenheit schon naserümpfend zugesehen, wie er die Knochenfunde feinsäuberlich an einer Wäscheleine aufgehängt und mit der Sprühdose eingenebelt hatte. Aber solche Typen verstanden ja auch überhaupt nichts von der Konservierung wichtiger Funde. In ein paar Tagen würde er sich auch die Knochen der gerade entdeckten Katze holen und zu einem Teil seiner Sammlung machen.

Michael begutachtete das alte Haus von allen Seiten durch kleinste Öffnungen in der Hecke. Dann sah er ein Objekt, das für ihn wie der Hauptgewinn an einer Losbude auf der Kirmes wirkte. Als hätte jemand von Michaels Vorliebe für tierische Überbleibsel gewusst, hing unter einem Vordach neben allerlei verrostetem Gartengerät doch tatsächlich ein Schädel, der wohl von einem Schaf oder einem Reh stammen musste. Wahnsinn, ein echter, großer Schädel! Den musste Michael unbedingt für seine morbide Kollektion haben.

Schon malte er sich in seinen Gedanken aus, wie das tolle Stück im heimischen Kochtopf von vertrockneten Fell- und Geweberesten befreit wurde, um dann sauber glänzend den strahlenden Mittelpunkt seiner schönen Sammlung zu bilden.

Sogleich machte er sich am verrosteten Tor zu schaffen, doch es war scheinbar verschlossen. Der Griff ließ sich zwar noch mit einiger Mühe bewegen, doch das Öffnen gelang dadurch nicht. Obwohl das Tor in seinem maroden Zustand wirkte, als könne ein ordentlicher Fußtritt es problemlos aus den Angeln heben, hielt es auch Michaels gewalttätigeren Öffnungsversuchen stand.

Einfach drüber zu klettern war allerdings auch nicht möglich, denn die verflixte Dornenhecke hatte das Tor mindestens einen Meter hoch überwuchert und jeder Versuch, dieses Hindernis zu überwinden, versprach leider ein durchaus schmerzhaftes Unterfangen zu werden. Darauf hatte Michael keine Lust.

Die intensive Suche nach einem Schlupfloch durch den naturgewachsenen dornigen Abwehrzaun brachte Michael auch nicht weiter. Die Hecke war zu dicht und ohne Werkzeug gab es kein Durchkommen. Dieses Werkzeug befand sich in Form einer alten Kneifzange, die er mal in einem Schrebergarten hatte mitgehen lassen, in seiner

Satteltasche am Fahrrad. Michael musste auf dem Fußweg zurück.

Er hatte voller Tatendrang ungefähr die Hälfte des Weges hinter sich gebracht, als er plötzlich komische Geräusche vernahm. Geräusche, die eindeutig von einer Person verursacht wurden, die sich aus Richtung seines Fahrrads näherte und dabei laut und ohne Pause in einer ihm vollkommen unbekannten Sprache schimpfte und schrie.

War das alte Haus doch bewohnt? Wer immer da durch den Wald kam, war jedenfalls nicht freundlich und Michael wollte dieser komischen Person sicher nicht in die Arme laufen und dumme Fragen beantworten. Im Gestrüpp suchte er eilig flach am Boden liegend Deckung, blieb aber noch nah genug am Fußpfad um zu sehen, wer sich dort so lautstark und übel gelaunt der alten Hütte näherte.

Das Schimpfen wurde lauter und je näher die unbekannte Person kam, desto mehr mischte sich auch das laute Geschrei mehrerer Katzen unter die unbehagliche Geräuschkulisse. Michael musste zugeben, dass er im Moment lieber woanders gesteckt hätte, doch neben dem Unbehagen war da auch immer noch eine ordentliche Prise Neugier.

Noch seltsamer wurde die ganze Situation, als sich zu den immer lauter werdenden Geräuschen in seiner Nase ein überaus ekliger Geruch bemerkbar machte. Ein äußerst übel riechendes säuerliches Aroma, das er schon einmal gerochen hatte, als er beim hektischen Durchkramen eines vielversprechenden Sperrmüllhaufens auf einen Müllsack mit alten verschimmelten Milchpackungen stieß.

Ranzige alte Milch, verschimmelte Milch, das war der Geruch, den er auch jetzt wahrnehmen musste. Aber wer konnte denn über eine Distanz von mehreren Metern nach gammeligen Milchresten stinken?

Und dann sah er sie! Eine unglaublich alte Frau, die mit einem Bündel unter dem Arm humpelt den Weg entlang kam. Gehüllt in zerschlissene kunterbunte Wollkleidung bewegte sie sich gebeugt aber durchaus agil auf das Grundstück zu. Die Frau schien schon unheimlich alt zu sein und ihre Hände wirkten mit den knorrigen Fingern wie fleischgewordene Gartenwerkzeuge aus dem Baumarkt.

Das schlohweiße lange Haar hang ihr wild im hasserfüllten Gesicht, das mehr Falten aufwies, als eigentlich in einem Gesicht Platz hatten. Geifernd spie sie unbekannte Schimpfworte aus ihrem zahnlosen und von leicht behaarten Warzen umringten Mund, die auch trotz der Unverständlichkeit ihre Wirkung bei Michael nicht verfehlten. Ihm war unwohl.

Doch es wurde alles noch unwirklicher. Denn der Alten folgten drei aggressive Katzen. Ein Anblick wie aus einem Gruselfilm.

Die Tiere hatten die Ohren angelegt, ihre Rückenhaare waren aufgestellt und ihre Schwänze buschig und armdick. Wie im Wahn attackierten die Tiere unter lautem Geschrei und ohne Rücksicht auf Verluste das alte Weib, das nicht minder aggressiv mit dem Bündel nach ihnen schlug und eiligst in Richtung der alten Hütte wankte.

Michael folgte ihr leise mit einem ordentlichen Sicherheitsabstand. Die Alte öffnete hektisch mit einem Schlüssel das rostige Tor, eilte hindurch und verschloss es schnell wieder, wobei eine der Katzen, ein rotgetigertes Exemplar, noch an ihr vorbei in den Garten huschte, um die Attacke auch ohne die Unterstützung ihrer beiden Artgenossen fortzusetzen. Das Tier schien gerade zu besessen davon, die Greisin zu attackieren

Die Alte warf nun hektisch ihr Bündel ab und bekam in einer unerwartet schnellen, ja fast schon tänzerischen Bewegung das angreifende Tier im Nacken zu packen, das sich sogleich kratzend und fauchend gegen den kraftvollen Griff des alten Weibes zur Wehr setzte.

Mit der Katze fest im Arm und vollkommen unbeeindruckt von den sicher schmerzhaften

Krallenschlägen des Tieres verschwand sie im Haus. Die beiden Katzen, die zuvor ebenfalls am Angriff auf die Alte beteiligt waren, verschwanden blitzartig in verschiedene Richtungen im dichten Unterholz.

„Mann", dachte Michael, „das war ja totaler Horror." Er überlegte kurz, ob er lieber das Weite suchen sollte, doch erneut kam ihm Freundin Neugier in die Quere. So näherte er sich vorsichtig dem Grundstück, um weiter zu beobachten, was das denn wohl für eine komische stinkende Oma war.

Er lugte durch eine winzig kleine Öffnung in der Dornenhecke und behielt den Eingang im Blick, doch zunächst passierte nichts. Dann plötzlich flog die Tür wie durch einen starken Windstoß auf und heraus kam die Alte mit der sich immer noch windenden Katze und…einem Beil!

Ohne ein Zögern legte sie das zappelnde Tier auf einen Holzblock und mit einem einzigen gnadenlosen Hieb teilte sie das unglückliche Wesen in der Mitte. Ein letzter Schrei entfuhr der Katze, das Blut spritze der Alten ins Gesicht und das Tier war Geschichte.

Die blutverschmierte Greisin packte die noch zuckenden Teile der Katze und warf sie wie ein Stück Abfall in eine Grube rechts neben der Hütte. Dann hielt sie unerwartet Inne, während etwas Katzenblut von ihrem warzigen Kinn auf ihre Brust tropfte.

Michael, der vor Schreck über das Gesehene schlichtweg versteinerte, konnte seinen Blick nicht von der Alten abwenden und fragte sich, was in aller Welt hier noch passieren würde. Was dann aber kam, ließ ihm den ausgeprägtesten Schauer seines jungen Lebens über den Rücken laufen.

Denn wie in Zeitlupe drehte die Alte sich in seine Richtung um und fixierte ihn mit ihren durchdringenden bösartigen Augen.

Er musste ihrem Blick standhalten und war immer noch unfähig, sich zu bewegen - auch als die Alte ihn auf fieseste Art anlächelte, während sie versuchte, sich mit dem Ärmel ihrer filzigen Wolljacke das frische Katzenblut aus dem faltigen Gesicht zu wischen und es dabei nur noch mehr verteilte.

Dieses Lächeln war angsteinflößend. Ein fürchterlich eisiges Lächeln mit der Botschaft: „Keine Angst, Dich krieg ich auch noch!" Ein Lächeln so kalt und unbarmherzig, wie es kaum kälter und unbarmherziger ging.

Dann drehte sich die Alte um und ging langsam ins Haus, ohne den Jungen weiter eines Blickes zu würdigen.

Michael saß noch minutenlang schockiert an seinem Platz, ehe er in der Lage war, seine Beine in die Hand zu nehmen und zu verschwinden. Seine Heimfahrt wäre wohl die schnellste Etappe gewesen, die er je in seinem Leben absolviert hatte. Nur dass die Fahrt jäh unterbrochen wurde, als sich seine Hose in der Fahrradkette verfing. Unsanft landete er im Graben und befreite sich fluchend. Sein einigermaßen neues Beinkleid zeigte ölige Perforationsspuren des Zahnrads. Mist! Der ganze Ausflug war Mist. So eine blöde Alte! Sehr schlecht gelaunt radelte er weiter und für den Rest des Tages war ihm seine Abenteuerlust erst einmal vergangen.

Michael fuhr heim und fand die Wohnung verlassen vor. Als spät abends seine Mutter nach Hause kam, lag er bereits im Bett und stellte sich schlafend. Echten erholsamen Schlaf fand er in dieser Nacht allerdings nicht…

*

Er öffnete die Augen. Trotz der Dunkelheit war er in der Lage, seine Umgebung klar wahrzunehmen. Gleiches galt für die Geräusche, welche um ein Vielfaches verstärkt in seine Ohren drangen. Seine Nase registrierte ein ganzes Füllhorn verschiedenster Gerüche.

Er befand sich in einem kleinen Kellerraum. Mit der rechten Pfote fuhr er sich über das Gesicht und entfernte Reste von Spinnweben und

Staub. Er hatte fest geschlafen, nun musste er Nahrung finden.

Mit nur einem Satz gelangte er durch ein kleines Fenster auf eine sandige Straße. Seine Sinne waren geschärft. Dicht bewegte er sich an den aus Lehm gefertigten Häusern entlang, um hin und wieder einem Zweibeiner auszuweichen und sich im Schatten zu verstecken. Er schlich weiter und versuchte, aus der klaren Luft eine Witterung aufzunehmen.

Da! Der Geruch eines anderen Tieres stieg ihm in die Nase. Vorsichtig bewegte er sich in die Richtung, aus der der leichte Wind den Geruch zu ihm hinüber getragen hatte. Er hörte das hektische Scharren kleinster Pfoten und ein leises Rascheln. Den leckeren Geruch kannte er schon, denn es handelte sich um seine favorisierte Beute: eine Ratte.

Leise und sehr langsam, um den Nager nicht vorzeitig in die Flucht zu schlagen, bewegte er sich in Richtung der Geräusche. Dann sah er die Ratte zwischen einigen Tonkrügen sitzen. Sie wähnte sich in Sicherheit und putzte sich ausgiebig. Er machte sich bereit zum Sprung. Doch ein Zweibeiner kam ihm in die Quere, verscheuchte seine Mahlzeit und zwang ihn selbst erneut zum Rückzug.

Er zog weiter, immer noch auf der Suche nach einem Leckerbissen, da stieg ihm erneut ein verführerischer Geruch in die Nase. Es roch nach einem frischen, blutigen Stück Fleisch. Er folgte dem verlockenden Aroma und kam schon bald zum Ziel.

Doch irgendetwas war seltsam. Das Fleisch lag in einem komischen Käfig, wie ihn Zweibeiner bauten. Er war misstrauisch, doch einen Zweibeiner konnte er hier in der Nähe nicht hören oder riechen. Riechen konnte er nur das verführerische Fleischstück. Was konnte schon passieren? Er hatte Hunger, da lag das Fleisch, kein Zweibeiner war weit und breit zu bemerken.

Eilig lief er zum Käfig, schnupperte nach verdächtigen Gerüchen und sah sich um. Der einzige und alles überdeckende Geruch kam von dem verlockenden Fleisch, das er sich nun holen wollte. Er betrat den Käfig, biss in seine Beute und… der Käfig schloss sich hinter ihm.

Er war gefangen und geriet in Panik. Schnell ergriffen Zweibeiner die Falle und eilten mit ihm davon. Er wurde ängstlich durch verschiedene Straßen transportiert und die Reise endete an einem Platz. Hier stand ein großer Karren mit einem viel größeren Käfig, in dem er unzählige seiner Artgenossen sehen konnte.

Sein Käfig wurde geöffnet, eine Hand packte ihn im Nacken und ehe er sich versah, befand er sich gemeinsam mit den anderen Tieren im großen Käfig. Der Karren wurde von einem großen

Tier gezogen und fuhr aus der Stadt in hügeliges Gelände. Seine Artgenossen machten Lärm, aber er war ganz ruhig, da er nicht wusste, wohin die Reise ging.

Dann, nach einigen Stunden, hielt der Wagen unweit einer Höhle, aus der der flackernde Schein eines offenen Feuers drang. Ihn überkam plötzlich ein seltsames Gefühl. Seine Angst verschwand und auch seine Artgenossen spürten, dass etwas anders war.

Es lag an der Höhle. Darin war Etwas, das stank fürchterlich. Etwas Böses, dass nicht sein durfte. Er spürte immer mehr das Verlangen, loszurennen und dieses Böse zu vernichten. Seine Krallen und Zähne in böses Fleisch zu schlagen.

Die Zweibeiner hoben den Käfig mit den immer wilder werdenden Tieren vom Wagen und brachten ihn zum Eingang der Höhle. Dann ließen sie ihn und die anderen frei. Er war nur noch von einem einzigen Gedanken erfüllt, genau wie seine Artgenossen. Das Böse vernichten! Das Böse zerfetzen!

Die Horde stürzte los und rannte ins Innere der Höhle, wo sie direkt auf zwei alte Zweibeinerinnen traf, die sich sogleich heftig gegen die Tiere zur Wehr setzten. Er sah, wie eine der Feindinnen seine Artgenossen ins Feuer warf. So suchte er sich die Andere als Ziel aus.

Er sprang der Zweibeinerin mitten ins Gesicht und kratzte und biss, wie er es in den wildesten Revierkämpfen nicht getan hatte. Die Zweibeinerin schrie, doch unter der Attacke der zahlreichen Angreifer ging sie zu Boden. Ihre Haut hing in Fetzen vom Leib, er selbst hatte nur ein Ziel. Er schlug seine Krallen in ihre Augen und biss ihr Stücke stinkenden Fleisches aus dem Gesicht. Der Angriff hatte Erfolg. Die Böse wurde schwächer und schwächer.

Endlich erstarb ihre Gegenwehr unter schrecklichem Geschrei und sie taumelte rücklings in die Feuerstelle, wo sie zuckend gemeinsam mit einigen Tieren ein Opfer der lodernden Flammen wurde. Er spürte, wie das Feuer auch seine Barthaare und Teile des Fells versengte und rettete sich knapp durch einen beherzten Sprung vor der tödlichen Hitze. Es roch nun äußerst unangenehm nach angebranntem Fell und verkohltem Fleisch.

Die andere Zweibeinerin kämpfte weiterhin erfolgreich gegen die Flut krallenbewährter Pfoten und spitzer Zähne. Sie hatte zunächst noch mehr Kraft als die Verbrannte. Doch auch sie wurde schließlich schwächer und zog sich schwer verletzt weiter in das stark verzweigte Höhlenlabyrinth zurück.

Dann verlor sie an einem Vorsprung den Halt und verschwand unter wildem Geschrei mit einigen seiner Artgenossen irgendwo in der schwarzen Tiefe. Es war das letzte, was er von der Bösen sah. Ihre Geräusche wurden immer leiser und verhallten in der Dunkelheit. Er selbst eilte erschöpft aus der Höhle, und blickte nicht mehr zurück…

Michael wachte erschrocken auf. Mann, er hatte ja schon oft wirres Zeug geträumt, aber das hier fühlte sich wirklich echt an. Katzen, alte Frauen…daran war nur die beschissene Alte aus dem Wald schuld.

*

„Hallo mein Großer. Ravioli sind im Schrank. Wenn Du etwas anderes möchtest, liegen unter dem Aschenbecher 10 Mark. Bis später, mach keinen Unsinn, Mutti."

Das stand auf dem kleinen Notizzettel am Kühlschrank. Eigentlich brauchte sie den Zettel nicht immer neu zu schreiben, denn die Informationen waren im Grunde immer die gleichen. Sprich: „Sie zu, das Du klarkommst, ich bin dann mal weg." Das war natürlich kein Problem für Michael, der schon ein regelrechter Fachmann für in Dosen angebotene Fertiggerichte aller Art war.

Er machte sich eigentlich immer die Ravioli warm, denn das Bargeld konnte er gut für andere

Dinge ausgeben. Manchmal fragte er sich natürlich schon, ob eine dauerhafte Ernährung durch Dosenpasta in seinem Alter nicht langfristig zu Schäden führen konnte, aber bislang stellte er keine fest und zu dick war er schließlich auch noch nicht.

Also gab es auch heute wie gewohnt eine Portion Ravioli, frisch aus der Dose auf den Tisch. Das benutzte Geschirr wanderte nach der ziemlich hastig verzehrten Mahlzeit in die nagelneue Spülmaschine und der Müll natürlich in den Mülleimer.

„Was bist Du denn für Einer?", fragte der dünne Junge, als Michael die Mülltonne vor dem Haus fütterte. Gezwungen cool saß er auf seinem Rad mit Fuchsschwanz am Sattel. Neben ihm stand mit einem etwas zu großen Damenrad ein kleinerer Junge, der dem Dünnen schon auf den ersten Blick ähnlich sah und somit problemlos als sein Bruder durchging.

„Ich?", fragte Michael.

„Na, klar, Du. Hab Dich hier noch nie gesehen. Biste der Neue?"

„Ja, gerade eingezogen. Ich heiß` Michael."

„Ich bin Jochen, der Kleine hier ist mein Bruder Jörg. Du siehst aber nicht wie´n Michael aus. Eher wie´n Ali."

Der Kleine guckte missmutig, weil er wohl nicht als „der Kleine" bezeichnet werden wollte.

Michael ging auf die provozierende Bemerkung über sein Aussehen nicht ein.

„Meine Eltern sagen, Du hast keinen Papa.", fuhr Jochen fort.

„Ja, und? Erstens hab ich einen und zweitens brauchen wir den überhaupt nicht, meine Mutter ist nämlich reich", trug Michael etwas zu dick auf.

„Aha, dann kannste uns ja gleich mal was ausgeben so zum Einstand", konterte der Dünne. „Ist bei uns eben so üblich, verstehste?"

Das Gespräch glich einem Beschnuppern etwaiger Konkurrenten und der Feststellung eventueller Schwachpunkte, fast so als wenn sich in einem alten Hollywoodwestern zwei Revolverhelden auf den Zahn fühlen. Michael war froh, Mutters Bargeld noch nicht für irgendeinen Unsinn ausgegeben zu haben.

„Klar, kein Problem", erwiderte Michael, der gleich wusste, dass er getestet wurde. „Wo gibt's denn hier was?".

„Eisdiele, 5 Minuten von hier.", sagte Jochen.

„Gut, Ihr fahrt vor, aber gebt nicht soviel Gas. Sonst könnt Ihr das Eis selber kaufen."."

Das ungleiche Trio fuhr die Straße herunter, kreuzte den kleinen Marktplatz und machte in einer Seitenstraße an einer belebten Eisdiele halt. Michael dachte kurz, was er wohl machen würde, wenn die beiden Brüder am Ende auf irgendwelchen Ärger aus wären. Der Große wäre für ihn kein Problem, der Kleine schon gar nicht.

Doch zunächst gab es zwei Kugeln im Hörnchen für jeden und Jochen stellte recht schnell fest: „Bist in Ordnung, Micha. Haste Bock, zum Jugendheim zu kommen? Da ist meistens was los."

Michael war zufrieden, dass er den Test bestanden hatte.

„Hört sich gut an", war seine etwas geflunkerte Antwort und er war ziemlich froh, es nicht mit den üblichen Jugendlichen zu tun zu haben, die gerne mal auf Ärger aus waren und sich dazu an Neuzugänge wie ihn wendeten..

Am Jugendheim begrüßte Jochen verschiedene Teens per Handschlag. Andere rauchten und ignorierten Jochens Begrüßung. Etwas abseits stand eine Vierergruppe von mürrischen Punks.

Die älteren Jungen waren mit ihren frisierten Mofas da und posierten um die Wette, um die Mädchen zu beindrucken. Aus einem Kassettenrecorder erklangen die neuesten Hits, frisch aufgenommen aus dem Radio mit unfachmännisch ausgeblendeten An- und Abmoderationen des Radiolieblings Mel Sondock.

„Leute, das hier ist Micha. Ist neu hier.", stellte Jochen seinen Begleiter vor, während sein Bruder im Hintergrund blieb, nachdem ihn einer

der älteren Jungen mit „Hi, Zwergenarsch" begrüßt hatte. Die Anwesenden musterten Michael
nur sehr kurz und irgendwie abfällig. Es war
klar, dass er hier wenige neue Freunde finden
würde. Ein besonders cool aussehender Junge
mit Lederjacke bemerkte: „Bist Du´n Araber oder
was?", was Michael ignorierte.

Er hatte gemerkt, dass er am besten fuhr,
wenn er auf Äußerungen dieser Art nicht rea-
gierte. Wenn er sich in der Vergangenheit wü-
tend mit angriffslustigen Antworten aufgeplus-
tert hatte, gab das schon mal Ärger, nur zu oft zu
seinen Ungunsten.

Auch heute war die gelassenere Taktik richtig, denn die Älteren beachteten ihn nicht weiter
und fuhren mit ihren Gesprächen fort. Zu Michaels großer Genugtuung demolierte der un-
sympathische Lederjackenjunge noch am selben
Tag unter dem höhnischen Gelächter der anderen sein Moped, als er angeberisch versuchte,
wie ein Stuntman beim Film auf dem Hinterrad
zu fahren.

Michael unternahm in den folgenden Tagen
verschiedene Dinge mit seinen neuen Kumpanen
Jochen und Jörg. Die drei gingen ins Kino und
ins Freibad oder hangen einfach an der Eisdiele
ab. Schon bald konnte er feststellen, dass die
zwei Brüder wirklich ganz in Ordnung waren
und – was er besonders gut fand - innerhalb

Gruppe vom Jugendheim eher nur als Rander-scheinungen mitwirken durften.

Die Älteren vom Jugendheim waren eh nicht so sein Ding. Mit Jochen und Jörg kam er dagegen gut klar. Was von Vorteil war für die Sache, die er sich vorgenommen hatte. Denn trotz der willkommenen Ablenkungen ging ihm die verrückte Alte aus dem Wald natürlich keinesfalls aus dem Kopf.

Schließlich sprach er die Sache an und hoffte, in den Brüdern sogleich Verbündete für seinen Plan zu finden.

„Hör mal, Jochen, weißt Du eigentlich was über die komische alte Hütte da draußen im Wald?"

„Die alte Gruselhütte?"

„Die Hütte, die da im Wald liegt, wo der Weg zuende ist, mit der Dornenhecke."

„Sag ich doch, die Gruselhütte, das kaputte Möhringhaus. Was willst Du denn ausgerechnet da?"

„Möhringhaus heißt das? Warum denn Möhringhaus?"

„Weil da mal die Oma Möhring wohnte, sagt unsere Mama. Und da soll es spuken, hat auch mal einer gesagt."

„Quatsch, da spukt es nicht. Da wohnt nur so'ne verrückte Oma. Die hat 'ne Katze zerhackt."

40

„Quatsch, da wohnt keiner mehr, sagt meine Mama. Und das mit der Katze ist auch Quatsch. Haste Dir ausgedacht."

„Nee, das hab ich gesehen."

„Ist auch egal."

„Was ist, sollen wir da mal eben hin? Mal gucken, was da los ist?"

„Was soll denn da los sein? Außerdem dürfen wir da sowieso nicht mehr hin, hat unsere Mama gesagt. Einmal hat unser Vater uns da erwischt, obwohl wir da nicht hingehen sollten. Da gab es aber ordentlich Saures. Nee, lass mal, da haben wir keinen Bock drauf"

„Und jetzt traut Ihr Euch da nie mehr hin, oder was? Nur wegen Euren Eltern? Ist doch nur ein paar Minuten von hier. Los, kommt", forderte Michael seine Freunde auf.

„Nee, mit unserem Alten ist nicht zu spaßen, wenn wir Mist machen. Fahren wir lieber wieder zurück. Und das Haus ist ja auch irgendwie komisch. Gruselig."

„Gruselig ist spannend. Und die Alte hat mich erschreckt, das kriegt die wieder."

„Nee, lass mal. Da kannste mal alleine hinfahren irgendwann, stimmt's, Jörg? Ist doch eh leer, das Haus." Der Kleine nickte.

„Mann, Ihr Luschen", moserte Michael. „Und da wohnt ja doch jemand drin. Diese verrückte Oma."

„Glaub ich nicht", beendete Jochen das The-
ma.

So wurde die Angelegenheit zunächst zu
den Akten gelegt, ohne das Michael sein Ziel aus
den Augen verloren hätte. Er wollte, nein, er
musste es dieser verrückten Alten einfach heimzahlen. Zu sehr ärgerte er sich darüber, dass es
ihr tatsächlich gelungen war, ihm Angst zu machen.

Er musste ihr den Schafsschädel klauen und
sich selbst beweisen, dass er überhaupt keine
Angst hatte vor so einer bekloppten Alten, die
Katzen tötete und wer weiß was sonst noch ans-
tellte. Aber anscheinend waren seine neuen
Kumpels gar nicht so cool, wie er vermutete,
sondern Feiglinge und Mamasöhnchen.

*

„Möchtest Du noch ein Stück Kuchen?", fragte Frau Mangold freundlich. Die Mutter von Jochen und Jörg deutete auf den leckeren Schoko-
ladenkuchen auf dem Tisch.

„Danke, eins nehm ich noch.", erwiderte Michael zufrieden. Drei Stücke waren eben noch
nicht genug und wann hatte er schon mal die
Gelegenheit, sich mit solch leckerem Backwerk
den Bauch vollzuschlagen? Seine Mutter spen-
dierte ihm eigentlich nur zum Geburtstag einen

richtigen Kuchen und der stammte dann noch aus dem Supermarkt.

So etwas gab es bei den Mangolds nicht. Die waren eine richtige Vorzeigefamilie. Der Vater Beamter bei der Stadt, die Mutter eine Hausfrau, die sich liebevoll um ihre Familie kümmerte. Das kannte Michael bislang nur von Hörensagen und auch wenn er es meist verdrängte, machten ihm Momente wie dieser klar, dass ihm diese Art von Familienleben doch irgendwie fehlte. Sein Leben als Schlüsselkind war ein anderes.

Zwar hatte er viele Freiheiten, aber zu einem Preis. Umso schöner, dass er nun fast täglich bei den Mangolds mit am Tisch sitzen durfte und mal etwas anderes als Dosenravioli zu essen bekam. Fischstäbchen, panierte Putenschnitzel oder Pudding mit Himbeeren. Besonders der Kohlrabi von Frau Mangold war sehr lecker mit einer ganz speziellen Soße.

Mutter Mangold, eine eher unscheinbare Frau mit einem kurzen Lehrerrinnen-Haarschnitt war etwa Mitte 30. Sie war stets gut gelaunt und hatte ein großes Herz. Es machte ihr überhaupt nichts aus, Michael als zusätzliches Gastkind zu beköstigen. Es schien sogar, als habe sie Spaß daran und wollte ein wenig die Defizite ausgleichen, die in Michaels Familienleben für Außenstehende offensichtlich waren.

So lernten sich Michael und Frau Mangold in

den nächsten 2 Wochen besser kennen. Schließlich wurde seine Ungeduld zu groß. Er fasste er sich ein Herz und stellte ihr die Frage, die er schon lange loswerden wollte.

„Frau Mangold, was ist eigentlich mit der alten Gruselhütte im Wald los?"

Frau Mangold blickte erstaunt. „Die Gruselhütte? Ach, das alte Möhringhaus."

„Ja, da bin ich zufällig vorbeigekommen", sagte Michael gespannt.

„Da bleib mal lieber weg. Unsere beiden Jungs sollen sich da auch fernhalten."

„Ich weiß, aber was ist denn da so schlimm dran? Jochen hat mir ja erzählt, dass es da Spuken soll, aber da wohnt doch noch jemand drin."

„Nein, Michael, da wohnt mit Sicherheit schon lange keiner mehr. Als ich noch ein Kind war lebte da eine ältere Frau, die Frau Möhring, aber die ist schon lange tot. Die war ein wenig seltsam und etwas ungepflegt. Ihre Enkelin hab ich mal gesehen. Eine nette junge Frau. Aber die lässt sich hier nur selten sehen und kümmert sich nicht ums Haus. Das ist schon ganz verfallen und kaputt.

Meine Mutter, die Oma von Jochen und Jörg, hat mir mal erzählt, dass da früher vor etwa 50 Jahren Kinder verschwunden sein sollen – Zwillinge. Wir fanden das unheimlich und sind da als Kinder auch nie hingegangen. Aber Spuk und verschwundene Kinder, das sind ja nur dumme Geschichten und das Haus ist lange unbewohnt und bestimmt kurz vorm Einsturz. Bleib also lieber da weg, das ist mittlerweile alles viel zu baufällig, ok?"

„Mhm, und Jochen und Jörg...?", sagte Michael.

„Die sollen sich bloß unterstehen, da noch einmal hin zu gehen. Aber das wissen die beiden ganz genau", fuhr ihm Frau Mangold sanft ins Wort.

„Ok", sagte Michael, der nun noch mehr über die Alte nachdachte.

Wenn tatsächlich niemand wusste, dass sie in der alten Hütte lebte, war die Verrückte wohlmöglich nur eine durchgeknallte Obdachlose, die sich dort einfach ohne Erlaubnis heimlich eingenistet hatte. In diesem Fall gehörte ihr dort gar nichts und er konnte sich alles nehmen, was er wollte. Und das würde er auch. Aber er hatte keine Lust, das ganz allein zu machen. Er brauchte Jochen und Jörg unbedingt als Verbündete.

*

Sonntags war es üblicherweise immer sehr langweilig. Kein Geschäft in der Stadt hatte geöffnet und nichts war los am Jugendheim. Michael fuhr zu den Mangolds, doch auf sein energisches Klingeln an der Haustür folgte keine Reaktion. Die Mangolds waren nicht zuhause. Bestimmt waren sie irgendwo auf Verwandtenbesuch und seine Kumpel Jochen und Jörg mussten wohl oder übel mit.

Gut, dass er mit solchen Sachen nichts am Hut hatte. Er kannte seine komische Verwandtschaft kaum, was sicher am ruhelosen Wesen seiner Mutter lag. Die traf sich heute mit einer neuen Bekanntschaft namens Kurt und Michael hatte wenig Lust, stundenlang alleine in der Wohnung zu hocken oder auf diesen Herrn zu treffen.

Also schwang er sich wieder auf sein Fahrrad und fuhr planlos in der Gegend herum. Vereinzelte fein gekleidete Sonntagsspaziergänger kreuzten seinen Weg, die von ihren missmutigen Kindern oder hässlichen Hunden begleitet wurden. Nachdem er sich an der Eisdiele einen Becher mit drei Kugeln gegönnt hatte, wollte Michael die Erkundung der Stadt fortsetzen, die seit seinem Erlebnis an der gruseligen Hütte etwas ins Stocken geraten war.

Diesmal schlug er bewusst eine andere Richtung ein, um ja nicht in die Nähe des Waldes und der Hütte zu gelangen. Denn alleine wollte nicht mehr dorthin. Erneut führte sein Weg vorbei an Feldern, diesmal aber zu einer abseits gelegenen kleinen Siedlung, die das östliche Ende des Stadtbezirks markierte.

Er radelte entspannt eine schmale Straße entlang und bog spontan nach rechts ab, da sah er sie unerwartet wieder. Die stinkende Alte aus dem Wald. Sie kam eilig die Straße entlang gehumpelt, erneut in zerschlissene bunte Wollkleidung gehüllt und mit ihrem komischen Bündel im Arm.

Michael versteckte sich blitzschnell hinter einem Busch an einer Hausecke und beobachtete die Alte, wie sie an anderen Passanten vorbeiging, von denen sie freundlich gegrüßt wurde. Manche gaben ihr doch tatsächlich die Hand! Hatten die denn keinen funktionierenden Geruchsinn? Merkten die denn nicht, wie dreckig die Alte war?

Die Oma bog zielsicher in eine kleine Seitenstraße ab und Michael nahm vorsichtig die Verfolgung auf. Er wollte auf keinem Fall ein weiteres Mal in die fiesen Augen dieser Alten blicken, die ihn während der letzten Wochen hoffentlich schon längst wieder vergessen hatte.

Gut versteckt hinter einer Garage sah er, wie die Alte eine herbeieilende Katze mit einem brutalen Fußtritt von der Straße beförderte, bevor das aggressiv wirkende Tier sie verletzen konnte. Dann sah sie sich argwöhnisch um, ob es eventuelle Zeugen für diesen bundesligatauglichen

Tritt gab. Doch nichts regte sich. Keine Gardine bewegte sich an einem der schmucken Häuser und keiner der Anwohner hatte Notiz genommen.

Die Alte setzte ihren Weg fort und humpelte weiter zu einem Haus, vor dem ein Anhänger stand, den Michael schon einmal gesehen hatte. Es war der Verkaufswagen des unsympathischen dicken Metzgers, der immer auf dem Wochenmarkt stand.

Die Alte ging zur Tür und wurde begrüßt, bevor sie anklingeln konnte. Der Metzger kam aus seinem Haus, umarmte die widerliche Alte überschwänglich und küsste sie doch tatsächlich auf den Mund! Dann verschwanden die beiden zusammen im Haus.

Was war hier eigentlich los? Michael verstand das alles nicht. Was war dass denn bloß für eine komische verrückte Alte und wie passte das alles mit dem unangenehmen Metzger zusammen? Waren die zwei am Ende sogar noch verheiratet?

Michael wartete einige Minuten, dann kamen der Metzger und die Oma wieder aus dem Haus. Der Metzger hatte einen alten braunen Sack dabei, in dem etwas zappelte und hüpfte. Michael war jedoch zu weit entfernt, um die Geräusche klar identifizieren zu können, die aus dem Sack drangen.

Die beiden unangenehmen Figuren gingen zum Auto des Fleischermeisters und der zappelnde Sack verschwand im Kofferraum. Dann brausten sie eilig mit dem Wagen davon. Ein ziemlich ratloser Junge auf seinem Fahrrad blieb zunächst zurück.

Michael dachte nach. Eigentlich wollte er ja nicht mehr allein zur alten Hütte im Wald und hatte heute einen anderen Weg eingeschlagen.

Doch er wollte tief in seinem Innern auch mehr erfahren über die verrückte Oma. Besonders da er nun mitbekommen hatte, dass die Alte irgendwas mit dem komischen Metzger zu tun hatte, der ihm schon auf dem Markt nicht ganz geheuer war.

Vielleicht waren die beiden ja wirklich zur Hütte gefahren und er konnte noch beobachten, was sie im Schilde führten und welches Geheimnis sie verbargen. Denn irgendetwas war augenscheinlich nicht richtig bei der Alten und dem Metzger und die beiden hatten bestimmt etwas zu verbergen.

Michaels Überlegung war nur kurz, dann radelte er los und steuerte zielsicher ohne Pause den Wald an, obwohl ihm dabei etwas mulmig zumute war. Dieses komische Gefühl, wenn man damit rechnet, dass etwas Unheimliches oder Gruseliges passiert, aber dennoch zu neugierig ist um abzuhauen.

So wie das Gefühl, als er vor zwei Jahren im Kino mit seinem damaligen Freund Alex DER WEISSE HAI 2 schaute und zu Anfang erwartete, einen unheimlich grausigen Film serviert zu bekommen. Was am Ende natürlich vollkommener Blödsinn war.

Michael erreichte gut eine halbe Stunde später den Wald und sah sich um. Etwas entfernt stand das Auto des Metzgers. Er hatte also richtig vermutet und die beiden komischen Figuren waren tatsächlich hier. Vom Metzger und er verrückten Alten war aber nichts zu sehen. Also waren sie sicher schon unterwegs zum Haus.

Michael ließ sein Fahrrad diesmal an der Hauptverkehrsstraße an einem Baum zurück und vermied es, den Waldweg zu benutzen. Er bahnte sich seinen Weg einige Meter parallel zur Schotterpiste durch den Wald, um im Ernstfall schnell im Dickicht in Deckung zu gehen, falls eine seiner beiden Zielpersonen auftauchen würde.

Zum Glück ließ sich zunächst niemand blicken und zu Hören war auch nichts. Michaels holpriger Weg führte weiter durchs Unterholz und er versuchte, so wenige Geräusche wie möglich zu machen. Unbehelligt erreichte er schon bald die Lichtung und sah die Dornenhecke, was in seiner Brust zu einer erhöhten Herzschlagfrequenz führte.

Hinter der Hecke sah er die Hütte und hörte eindeutig den Metzger und die Alte. Was die beiden redeten, konnte er jedoch nicht verstehen. Vorsichtig umrundete er mit einigem Abstand das Gelände und näherte sich dem Grundstück nun von der Rückseite, auf der das alte Haus keine Fenster besaß.

Langsam schlich er voran und hielt inne, als er durch eine kleine Öffnung in der Hecke gerade genug erkennen konnte. Der bullige Metzger stand an dem blutverkrusteten Holzblock, auf dem die Oma vor einiger Zeit die Katze getötet hatte. Mit der linken Hand hielt er immer noch fest den Sack mit seinem zappelnden Inhalt. In der rechten Hand hielt er ein viereckiges Kantholz.

Die Alte machte eine fahrige Handbewegung und ging ins Haus. Nun legte der Metzger den Sack ohne Eile auf den Holzblock und Michael konnte zu seinem Unbehagen hören, welchen Inhalt er verbarg. Leise vernahm er das verzweifelte   Miauen mehrerer Katzen. Katzen! Schon wieder Katzen!

Was waren das denn für Tierhasser, die Alte und der Metzger? Michael wirkte zwar oft hart und etwas abgeklärt, aber er hatte ein Herz für Tiere. Wie muss man denn Tiere hassen, dass man sie einfach quält? Oder wollte der Metzger die armen Tiere etwa auch töten?

Als wollte der grobschlächtige Mann diese unausgesprochene Frage beantworten, schlug er plötzlich kraftvoll mit dem Kantholz wie ein Verrückter auf den Sack und die zappelnden hilflosen Tiere ein.

Das Miauen verstummte schnell und machte den dumpfen Schlaggeräuschen Platz, als das Holz wieder und wieder unbarmherzig niedersauste und die unglücklichen Tiere in kürzester Zeit zu blutigem Brei zerschlug.

Bamm! Bamm! Bamm!

In Michaels Kopf formten sich widerwärtige Bilder. Der Sack war nach kurzer Zeit nur noch ein einziges bluttriefendes Stück groben Gewebes. Nachdem seine grausame Arbeit erledigt war, entleerte der Metzger den Sack in der Grube neben dem Haus, schmiss ihn wie einen blutigen Lappen fort, wischte sich die verschmierten Hände an der Hose ab und verschwand mit stapfenden Schritten im Gebäude.

Die Geräusche, die Michael dann vernahm, ließen auch für einen Jungen seines Alters keine Zweifel offen. Es waren Geräusche wie aus einem dieser Pornofilme, die er sich mal heimlich mit einem Kumpel angeschaut hatte.

„Mann! Die Schweine sind am Poppen!", durchfuhr es Michael und er machte sich nach diesem ungewöhnlichen Sonntagserlebnis schnellstens auf den Weg nach Hause, wo er es dann doch noch ganz in Ordnung fand, gelangweilt mit einer Tüte Chips vor dem Fernseher nach Ablenkung zu suchen…

*

Die Ferienzeit verging so schnell, wie das Ferien leider meistens tun. Es war mittlerweile die letzte Woche der schulfreien Zeit angebrochen und Michael dachte schon mit Grausen daran, das er bald wieder eine Schule besuchen musste und erneut als „der Neue" vor einer Klasse voller unbekannter Gesichter stand. Dass diese Situation kein Vergnügen war, davon konnte er nach all den Umzügen ein Lied singen. So wollte er diese letzten Ferientage besonders auskosten. Als Michael dienstags am Jugendheim ankam, eilte ihm bereits ein freudig aufgeregter Jochen entgegen.

„Hey, wir haben eine super Idee. Wir gehen am Wochenende alle zusammen Zelten bei denen da drüben hinterm Haus. Haben wir letztes Jahr auch gemacht. Bist Du dabei?"

„Zelten hinterm Haus, was ist denn das für ein Schwachsinn. Das macht man doch auf einem Zeltplatz und nicht irgendwo hier im Garten oder so."

„Nee, beim Zeltplatz dürfen wir noch nicht alleine, aber unsere Eltern erlauben uns das hier um die Ecke mit den anderen. Ist doch ´ne prima Sache."

Michael war nicht ganz überzeugt, dass das prima war. „Muss ich mal überlegen, ich kenn´ das nur anders", sagte er skeptisch, denn er hatte kaum Lust, zu viel Zeit mit den älteren Jugendlichen zu verbringen, die leider auch dabei sein würden. Dann aber hatte er die Idee seines Lebens – das dachte er zumindest in diesem Moment. Er nahm Jochen beiseite und sprach mit leiser Stimme.

„Pass mal auf, wenn wir Zelten, dann können wir da doch auch noch was anderes machen."

„Was anderes? Was denn?", fragte Jochen.

„Du weißt doch, die Gruselhütte."

„Bist Du bescheuert? Immer fängst Du wieder mit dem Scheiß an. Das machen wir doch nicht."

„Mann, Ich hab doch erzählt, das ich der Alten da noch was heimzahlen muss. Die ist total bekloppt und jetzt machen wir der ordentlich Angst und klauen den alten Schafskopf, der da hängt. Ist eine super Trophäe. Stellt Euch doch nicht so an. Die Ferien sind bald rum, dann geht das nicht mehr."

„Mann, wir sollen da doch nicht hin. Das gibt nur wieder Ärger. Du hast ja keinen Vater, der

Dir nachher eine runterhaut. Ich hab da echt keine Lust drauf."

„Nee, hab ich nicht, einen Vater. Na, und? Mensch, Ihr seid doch beim Zelten, da merken Eure Alten doch überhaupt nichts. Oder meint Ihr etwa, die hocken die ganze Nacht mit uns im Zelt oder kommen zwischendurch andauernd vorbei? Wir hauen doch nur mal kurz ab und nach spätestens zwei Stunden sind wir wieder da, hatten voll den Spaß und keiner von den anderen Pfeifen weiß, was wir gemacht haben. Jetzt stellt Euch mal bloß nicht so an wie kleine Mädchen."

„Nee, das haben wir Dir doch schon alles erzählt. Das geht echt gar nicht", wehrte sich Jochen immer noch mit einer beachtlichen jugendlichen Standhaftigkeit.

Michael wurde ungehalten. „Geht nicht, geht nicht! Ihr seid ja voll die Feiglinge", zischte es aus ihm heraus.

Damit hatte Michael die Ehre Jochens erwischt.

„Wir sind keine Feiglinge, das kannst Du nicht sagen. Wir haben schon oft beim Bauer Berg Rüben geklaut und solche Sachen", sagte Jochen trotzig.

„Ja Rüben geklaut. Toll, wenn man Rüben hat. Wie blöd ist das denn? Schweinefutter klauen. Wenn Ihr nicht feige seid, dann kommt Ihr mit und helft mir. Sonst könnt ihr beide mich mal."

Nun meldete sich der kleine Jörg zu Wort. „Das hat ja gar nichts mit feige zu tun. Wir dürfen..."

„Muttersöhnchen!", unterbrach ihn Michael schroff.

„Nee."

„Weicheier!"

„Nee."

„Jawohl, Weicheier seid Ihr und überhaupt keine echten Freunde. Ihr lasst mich voll im Stich!"

Der kleine Jörg setzte sich trotzig hin. Sein Bruder Jochen überlegte. Er überlegte sogar relativ lange. Dann antwortete er.

„Mann, Du bist aber auch nervig. Gut, dann sind wir eben doch dabei, aber dann machen wir das richtig. Mit guten Taschenlampen und ordentlich Proviant und so. Und keiner darf das nachher erfahren. Und wenn wir das machen, will ich auch noch was haben. Dein Taschenmesser. Sonst kannst Du den Scheiß nämlich doch alleine machen."

Ausgerechnet das Taschenmesser, an dem er so hang. Aber wer Etwas möchte, muss manchmal Kompromisse eingehen. Egal. Es war nur ein Messer und dieser Einsatz war es Michael wert, wenn er am Ende den Schafskopf bekommen würde. Und wer weiß, was bei der Hütte sonst noch zu finden war.

„Gut, Hand drauf."

Jochen schlug ein und sein Bruder tat es ihm zögerlich nach und sagte: „Mann…"

Michael freute sich. Er konnte die Ferien nun mit einer ganz großen Sache zuende bringen…

*

Das Wochenende nahte und obwohl danach die Schulzeit beginnen würde, konnte Michael es kaum noch abwarten. Am Samstag packte er schon mittags seinen Schlafsack, eine Taschenlampe, Sprudel, und Kekse ein, schrieb seiner Mutter einen Infozettel und traf sich bei den Mangolds mit seinen Freunden, die ihr Zelt und die Fahrräder dabei hatten.

Mutter Mangold ahnte nichts vom geheimen Plan der Jungs, gab ihren „drei Musketieren", wie sie die drei Jungen mittlerweile nannte, noch ein paar belegte Brote mit und wünschte ihnen auf ihre freundliche Art viel Spaß. Gemeinsam fuhren die drei zum improvisierten Zeltplatz, der auf einem großen Rasenstück hinter einigen Hochhäusern eingerichtet wurde.

Ein paar von den älteren Jungen und Mädchen, die sonst am Jugendheim herumlungerten, waren bereits da und hatten ihre Zelte und einen alten Grill aufgebaut. Michael und seine Begleiter errichteten ihre Unterkunft, die sie mitten in der Nacht still und heimlich verlassen würden, etwas abseits in der Nähe zweier Zelte, die ebenfalls von jüngeren Kindern bewohnt wurden.

Mit Einbruch der Dämmerung wurde der Grill mit Holzkohle einsatzfähig gemacht. Jeder, der Grillwürstchen oder Kartoffeln mitgebracht hatte, konnte seine Waren auf dem Rost oder in der Glut platzieren.

Michael, Jochen und Jörg hatten nichts dabei, denn vom Grill hatte sie niemand informiert. So verspeisten sie ein paar Kekse und Frau Manngolds leckere Brote mit Käse, Salami und Nuss-nougat-Creme.

Mit zunehmender Dunkelheit wurden die Älteren etwas enthemmter. Die Musik musste nach Beschwerden von einem Balkon leiser gemacht werden, was das typische Geräusch, das vom Öffnen einiger Bierdosen zeugte, etwas lauter erscheinen ließ. Mit den sogenannten Kleinen wollten die Älteren dann recht schnell nichts mehr zu tun haben und verzogen sich in die Zelte, um sich abzugrenzen.

„Hört Euch mal das doofe Lachen an. Hoffentlich werden wir irgendwann nicht auch solche Idioten", sagte Michael. Jörg kicherte blöde.

Jochen meinte: „Wann sollen wir denn eigentlich los. Ist doch schon dunkel."

„Wir warten, bis die Idioten pennen, sonst verpetzen die uns noch", erwiderte Michael, der ganz in der Rolle des Befehlshabenden steckte.

„Und da ist übrigens noch was komisch bei der Alten, was ich Euch noch nicht gesagt hab", fuhr er fort. "Ich hab gesehen, wie die mit dem ekligen Metzger vom Markt geknutscht hat."

„Nee, Du erzählst hier nur Scheiße", antwortete Jochen. „Das glaub ich alles eh nicht."

„Kannste ruhig glauben. Ihr werdet ja sehen", konterte Michael.

Die Jungen warteten weiter darauf, dass es um sie herum ruhig wurde und vertrieben sich die Zeit mit dem Aufzählen ihrer Lieblingssendungen im Fernsehen. Bis es endlich soweit war, dauerte es aber noch eine ganze Weile.

Schließlich schliefen die alkoholisierten Älteren in den Zelten doch noch ein und die drei Abenteurer konnten endlich aufbrechen.

Michael, Jochen und Jörg schlichen so leise es ging zu ihren Fahrrädern und schoben sie fast lautlos ein gutes Stück. Als sie sicher waren, dass niemand an den Zelten sie bemerkt hatte, radelten sie drauf los, raus aus der Siedlung und an den Feldern entlang. Ihre Fahrradbeleuchtung ließen sie ausgeschaltet und wenn andere Fahrzeuge sich näherten, duckten sie sich im Schatten des Straßengrabens.

Michael wusste nur zu gut aus eigener Erfahrung, dass man um diese Zeit schnell auf eine Polizeistreife treffen konnte, die es reichlich seltsam finden würde, das drei Minderjährige mitten in der Nacht in Richtung Wald fuhren.

Und tatsächlich kamen sogar zwei Polizeiwagen vorbei, deren Insassen den Ausflug der drei Jungen sicher sofort beendet hätten. Vom zu erwartenden Ärger mit den Eltern Mangold ganz zu schweigen.

Mittlerweile war es finsterste Nacht und kurz vor 1 Uhr. Mit Erreichen des Waldes musste Michael daran denken, wie unheimlich ihm nach dem letzen Auslug zur Hütte zumute war. Er hatte plötzlich ein mulmiges Gefühl, was er gegenüber den Brüdern natürlich niemals zugegeben hätte. Ganz im Gegenteil.

Als Jörg etwas beunruhigt sagte: „Ich weiß nicht, ob das wirklich so eine gute Idee ist", antwortete Michael ruppig: „Ruhe! Ab jetzt hört alles auf mein Kommando. Es wird nur noch geflüstert. Mir nach."

Jochen verdrehte die Augen, enthielt sich aber eines Kommentars. Jörg blickte ängstlich in die Nacht. Für den Kleinen war das sicher der spannendste Ausflug seines bisherigen Lebens. Die drei fuhren den geschotterten Waldweg entlang. Der Wald um sie herum wirkte noch kälter und unheimlicher als bei Tageslicht.

Hier und da raschelte es im Gestrüpp und

Michael verdrängte die Gedanken an irgendwelche tollwütigen Füchse, Wildschweine oder Verbrecher, die im Busch auf Opfer lauerten.

Schon bald war der Trampelpfad erreicht. Die Räder wurden sorgsam im Unterholz versteckt und mit Ästen und Grünzeug getarnt. Dann es ging zu Fuß weiter. Michael hielt kurz inne, als er den mittlerweile stärker verwesten Katzenkadaver wiederfand, dessen Bergung er zwischenzeitlich vollkommen vergessen hatte.

„Hier, hab ich Euch ja erzählt", sagte er leicht überheblich und beleuchtete kurz das tote Tier.

„Eklig", war Jochens Antwort. Dann schlichen die Jungen leise weiter zum Grundstück mit dem Haus, das einst der Oma Möhring gehörte.

Die drei kamen am Haus an, das unheimlich inmitten der Lichtung ruhte. Hier war die Stille geradezu erdrückend. Nicht einmal das leise Rauschen des Windes war zu hören und Michael dachte, das wäre, als hätte jemand den Ton abgedreht. Komisch, welche Gedanken das Gehirn in manchen Situationen hervorbringt.

„Wir suchen jetzt erstmal die beste Stelle, um durch die blöde Hecke zu kommen," flüsterte Michael und sie schlichen zur Dornenhecke. Weiterhin war alles unnatürlich ruhig und die drei tasteten sich mit großer Vorsicht an der Hecke entlang.

Während sie konzentriert nach einer Stelle suchten, die etwas weniger dicht war, wurde plötzlich eines der kleinen Fenster der Hütte vom flackernden Schein einer Kerze erleuchtet.

„Scheiße", entfuhr es Jochen, „da ist ja jemand drin."

„Sag ich doch, dass da die Alte haust, aber Ihr habt mir ja nicht geglaubt. Jetzt wisst Ihr bescheid. Höchste Vorsicht", flüsterte Michael. „Und was ich sonst noch erzählt habe, stimmt auch. Die Alte stinkt, killt Katzen und poppt bestimmt mit dem Metzger rum."

„Bäh!" Jochen guckte angewidert.

„Mann, hab ich echt nicht geglaubt. Die ist ja dann echt voll ekelig, die Alte."

„Aber richtig. Und deshalb wischen wir der heute eins aus. Jetzt müssen wir aber erstmal warten, bis die pennt, sonst hört die noch was."

„Mann", sagte Jochen. „Jetzt können wir bestimmt erstmal stundenlang warten." Er betätigte die Taschenlampe, um auf seine Uhr zu gucken.

„Mann, mach die Scheiße aus! Das sieht die doch!" herrschte ihn Michael an.

Jochen gehorchte. „Eine halbe Stunde warten wir, wenn dann nichts passiert und die Alte noch wach ist, hauen wir wieder ab."

„Arschlecken, das ziehen wir jetzt durch. Kneifen ist nicht", war Michaels Antwort.

So warteten die drei Jungen auf den richtigen Moment. Und sie warteten scheinbar unendlich lange. Mittlerweile waren Wolken aufgezogen und es begann zu Nieseln.

„Mist, jetzt regnet das auch noch. So eine Schnapsidee", nölte Jochen und zog sich seine Jacke über den Kopf. Michael war das Wetter egal.

Der Regen machte ihm nichts aus und verstärkte nur sein momentanes Gefühl, ein ganz hartgesottener Typ zu sein, der sich wirklich etwas traute. Außerdem war Michael ziemlich aufgeregt und schwitzte. So war der leichte Regen für ihn sogar eine willkommene kleine Abkühlung.

Vorerst ging das leidige Warten weiter. Ein paar Meter entfernt raschelte es und ein Fuchs überquerte seelenruhig die Lichtung.

„Gut, dass der keine Tollwut hat", dachte Michael. Warum er gerade vor der Tollwut solche Angst hatte, konnte er nicht sagen, aber irgendwie klang schon allein das Wort „Tollwut" für ihn sehr unangenehm.

Am Ende litt sogar die verrückte Alte an der Krankheit, so wie die geschimpft und gespuckt hatte bei der ersten Begegnung. Michael verdrängte den komischen Gedanken so schnell, wie er gekommen war.

Das flackernde Kerzenlicht in der Hütte

brannte weiterhin und ein Schatten bewegte sich im Innern über die Wände.

„Was macht die doofe Alte denn so lange? Die soll doch jetzt endlich mal pennen gehen", moserte Jochen angenervt und deutete damit an, dass ihm mittlerweile die Lust an dem ungewöhnlichen nächtlichen Ausflug vergangen war.

„Bleib mal geschmeidig", sagte Michael. „Alles noch gut soweit. Die wird schon noch ins Bett kriechen, diese dumme Kuh. Und dann sind wir endlich am Drücker."

Die Jungen schlichen erst einmal wieder ins Unterholz zurück. Stumm saßen sie dann zusammengekauert beisammen und lauschten in die Nacht, während Jörg an seinen Bruder gelehnt einschlief. Das Kerzenlicht in der Hütte flackerte. Es konnte noch eine sehr lange Nacht werden…

*

„Micha, Micha!", sagte Jochen aufgeregt und rüttelte an seinem Freund. Michael wurde urplötzlich aus einem Traum gerissen, in dem er als heldenhafter Schatzjäger in einem verwucherten Tempel in Südamerika den schlimmsten Gefahren trotzte.

„Das Licht ist aus, jetzt schon seit 20 Minuten."

Michael setzte sich auf, blickte kurz zum schlafenden Jörg und sagte: „Warum hast Du mich denn nicht schon eher wach gemacht? Egal, dann geht's jetzt endlich los. Wurde ja auch Zeit. Dann weck´ mal die kleine Schlafmütze auf, aber leise."

Jochen schubste den schlafenden Jörg zur Seite. Er war benommen, als wüsste er zunächst nicht genau, wo er war.

„Habt Ihr den Schädel? Können wir jetzt nach Hause?" fragte er dann leise.

„Quatsch, jetzt geht die Show erst los. Komm."

Die mittlerweile durchnässten Abenteurer schlichen durch den Nieselregen wieder zur Dornenhecke. Michael lauschte konzentriert, ob er aus der Hütte irgendwelche Geräusche vernehmen konnte. Er hörte keinen Mucks. So zog er stolz, fast schon triumphierend, seine alte rostige Kneifzange aus der Innentasche seiner Jacke und begann, ein Schlupfloch in die dichte Dornenhecke zu schneiden.

Als das Loch gerade groß genug war, schickte er zunächst die Brüder vor, so wie er es einmal in einem alten Kriegsfilm gesehen hatte, in dem ein kleines Spezialkommando einen wichtigen Geheimauftrag erfüllte. Er war der Chef der ganzen Unternehmung und für die Rückendeckung zuständig.

Leise kieksten die Brüder auf, als sich einige der langen Dornen den Weg durch ihre Haut bahnten. Jörg beschwerte sich etwas mehr als sein Bruder, zum Glück nur mit sehr geringer Lautstärke. Dann schlüpfte Michael selbst aufgeregt in das scheinbar undurchdringbare Dickicht des Gartens.

In der Dunkelheit konnte er schwach seine Beute erkennen und er deutete mit dem Finger in die Richtung des Tierschädels, der immer noch am gleichen Platz hing wie einige Tage zuvor. Jochen verstand und nickte.

„Jörg ist der kleinste von uns. Er kann sich am besten hinschleichen und das Ding holen. Wir passen auf", sagte Michael leise und war irgendwie stolz, wie professionell er die Sache managte. Dass es im Grund ja seine eigene Aufgabe gewesen wäre, den Schädel zu holen, verdrängte er.

„Ich hab aber Angst", sagte Jörg kleinlaut. „Kann das nicht einer von Euch machen?"

„Nein, Du machst das, Du schaffst das", ermunterte ihn sein älterer Bruder nun. „Pass nur auf, dass Du leise bist, sonst sind wir im Arsch."

Jörg gehorchte seinem Bruder und kroch vorsichtig auf allen Vieren los. Doch er stoppte jäh, als plötzlich die Tür der Hütte aufsprang. Michael und Jochen legten sich sofort flach ins Unkraut und ihre Herzen schienen oben im Hals wild um die Wette zu pochen. Jörg duckte sich und erstarrte.

Hoffentlich bemerkte die Alte nichts von den ungebetenen Gästen. Und es war niemand anderes als die Alte, die dort aus der Hütte kam, denn der üble und ranzige Geruch war urplötzlich wieder da.

Die schlecht riechende Oma murmelte unverständliche Worte und lachte ein wenig. Sie warf etwas in die Grube, in der auch schon die halbierte Katze und die vom Metzger zerschlagenen Samtpfoten gelandet waren und ging weiter pausenlos murmelnd zum Schuppen rechts neben der Hütte.

Hier kramte sie geschäftig eine Weile herum, lachte dabei hin und wieder in sich hinein und holte Irgendetwas heraus, mit dem sie dann wieder in der Hütte verschwand.

„Scheiße", flüsterte Jochen, „das war knapp. Wenn die was bemerkt hätte. Und jetzt?"

„Wir warten."

Jörg saß derweil immer noch angsterfüllt im hohen Unkraut und wurde von Michael heran gewunken.

„Wir müssen noch warten, Jörg", flüsterte er, als der Kleine wieder zu seinen Begleitern zurück gekrochen kam. Jörg hatte eindeutig die Hosen voll und war vollkommen von der Situation überfordert.

„Ich will hier weg. Ich hab Angst. Lasst uns verschwinden. Scheiß Schädel."

„Nix da, jetzt sind wir schon so weit, das ziehen wir durch.", erwiderte Michael und klopfte Jörg aufmunternd auf die Schulter.

So wurde die Geduld der drei Jungen erneut auf eine Probe gestellt und sie warteten weiterhin auf den richtigen Zeitpunkt, was den kleinen Jörg nicht unbedingt zuversichtlicher machte. Zwischenzeitlich wurde die Kerze im Haus erneut entzündet und es musste nun bestimmt schon 3 Uhr nachts sein.

In gut zwei Stunden würde die Dämmerung beginnen und dann hätte sich die Sache erledigt. Michael war unzufrieden über den Fortgang der Unternehmung. Und er hatte irgendwie selbst kaum noch Lust, länger zu verharren. Aber das konnte er in diesem Moment natürlich nicht zugeben. Schließlich hatte er die ganze Sache ja angeleiert.

„Jochen, da krabbelt was an meinem Kopf", sagte Jörg ängstlich.

„He, das ist nur irgendein Viech, das frisst Dich schon nicht auf", beruhigte ihn sein Bruder.

„Mach das weg, mach das weg, das ist am Ohr", jammerte Jörg. Jochen schlug ihm leicht auf die Ohrmuschel und schien das Insekt erwischt zu haben.

„Aua!", war Jörgs Reaktion.

„Boah, wie im Kindergarten ist das mit Euch. Seid mal leise", mahnte Michael, der langsam die Geduld verlor. Das Warten zog sich zu sehr in die Länge und die Beute war so nah. Aber es half nichts. Solange die Oma noch murmelnd im Haus umher wandelte war es einfach noch nicht sicher.

„Das kostet dich aber zusätzlich ein paar Eis, wenn wir hier raus sind", sagte Jochen nach langem Schweigen.

„Kein Problem", war Michaels Antwort, als plötzlich das Licht im Haus erlosch. Endlich. Nun noch ein paar Minuten warten zur Sicherheit und dann konnte es endlich weitergehen. Nachdem die Jungen sich sicher waren, das die Alte endlich im Tiefschlaf lag, startete Jörg den zweiten Versuch.

Er krabbelte erneut los bis zu der Stelle, die er schon beim ersten Versuch erreicht hatte. Hier stoppte er unsicher, blickte ängstlich zu seinem Bruder und bewegte sich nach dessen aufmunternder Geste vorsichtig weiter in Richtung der Beute. Er musste natürlich auch an der Tür vorbei, das war etwas heikel. Doch anders funktionierte das hier nicht.

Der Kleine bewegte sich sehr, sehr leise durch den Urwald aus Unkraut bis er nur noch zwei Meter vom modrigen Schädel entfernt war. Zwei Meter bis zum erfolgreichen Ende dieser für ihn unglaublich spannenden Mutprobe, einen Meter bis zur Tür.

Fast war Jörg an der verdammten Tür vorbei, da flog sie auf und spuckte die hasserfüllte alte Furie aus. Wie von Sinnen stürzte sie sich auf Jörg, der aufschrie wie ein junges Ferkel. Jochen wollte aufspringen und seinem Bruder zur Hilfe eilen, doch Michael hielt ihn zurück.

So musste Jochen mit ansehen, wie Jörg von der Alten an den Haaren ins Haus gezogen wurde und sich die Tür mit einem heftigen Knall schloss. Das Kerzenlicht flackerte erneut auf und aus dem Inneren der Hütte waren deutlich Jörgs Jammern und das unverständliche Gemurmel der verrückten Alten zu hören.

„Scheiße, Micha, was machen wir denn jetzt? Wenn die dem Jörg was antut!" sprudelte es aus Jochen heraus. „Wir müssen Hilfe holen, Scheiße. Das war's, ich hol jetzt Hilfe!"

Michael hielt Jochen an der Jacke fest. Er musste nachdenken. Was sollte er jetzt tun? Das war nicht eingeplant. Der Kleine in den Fängen der Verrückten, das war nicht gut. Überlegen. Überlegen!

Hilfe zu holen wäre der einzig logische Schritt. Aber Michael hatte in seinem Leben bereits schon zu viel Mist gebaut. Auch wenn seine Mutter Kummer mit ihrem Sohn gewohnt war, irgendwann würde auch ihr der Geduldsfaden reißen, wenn ihr lieber Sohnemann erneut von zwei Polizisten begleitet nach Hause käme, nachdem er wieder irgendeinen Unsinn verzapft hatte.

„Mist", sagte Michael. „Dreimal Mist! Scheiß auf Hilfe. Wir holen ihn selbst da raus. Die Bekloppte weiß ja nicht, dass wir auch hier sind. Einer muss sie ablenken und einer holt Jörg raus. Ich hab uns das eingebrockt, ich hol ihn. Kriech Du durch die Hecke und werf' von draußen ordentlich Steine oder sowas an die Fenster und die Tür."

„Mann, eingebrockt ist gut. So eine Scheiße, das gibt einen Riesenärger, wenn wir hier raus sind. Der Kleine kann doch seine Fresse nicht halten zuhause und ich krieg's dann ab. Danke, Du bist ein toller Kumpel."

Michael war sich seiner Schuld bewusst und bekam ein schlechtes Gewissen. Er hatte sich den nächtlichen Ausflug doch etwas anders vorgestellt.

„Ja, Scheiße, aber das biegen wir hin, wenn wir hier raus sind. Jetzt erstmal den Kleinen befreien und dann nix wie weg. Die Alte wird schon sehen. Also, geh jetzt raus und schmeiß ein paar Sachen, so das die Bekloppte schön nach Dir sucht da draußen."

„Ja, gut", sagte Jochen und begab sich zur Stelle, an der die Jungen das Schlupfloch in die

Dornen geschnitten hatten. Doch so sehr er suchte, er konnte den Durchgang nicht mehr finden.

„Micha, ich find das Loch nicht mehr", flüsterte er zu Michael.

„Kann doch nicht so schwer sein", erwiderte dieser etwas angenervt und suchte ebenfalls – ohne Erfolg.

„Komisch, das war doch hier. Egal, wir schneiden ein neues Loch", sagte er dann und suchte nach seiner Zange. Doch die war nicht mehr da.

„Mist, ich glaub, ich hab die Zange draußen liegen gelassen." sagte er enttäuscht.

„Toll, und was jetzt? Soll ich mich etwa unter der Hecke durchgraben, oder was?" Jochen wurde ungehaltener.

„Ey, bleib mal ruhig. Lass mich erstmal was Gucken", erwiderte Michael und schlich sich zum Fenster der Hütte. Vorsichtig lugte er hinein und sah an einem einfachen Holztisch Jörg sitzen, der wie versteinert das Tun der Alten verfolgte. Es gab einen alten Holzofen, einen klobigen Schrank und einige Regale, auf denen verschiedene vergammelte Dosen, Töpfe und Flaschen standen.

Alles war überzogen von dichten Spinnweben, so als hätte im Innern der Hütte seit Jahrzehnten niemand mehr für Ordnung gesorgt. Die Alte kramte wild im Schrank herum und murmelte weiterhin pausenlos. Als Jörg nur eine winzig kleine Bewegung machte, fuhr sie ihn aggressiv an und der Kleine erstarrte erneut. Verzweifelte blickte Jörg in der Hütte umher, bis er schließlich am Fenster Michael erkennen konnte.

Jörgs Blick schrie förmlich: HOLT MICH HIER RAUS! Michael gab ihm ein kurzes beschwichtigendes Handzeichen und schlich sehr vorsichtig zu Jochen zurück.

„Und, was macht die Alte mit Jörg?", fragte dieser aufgeregt.

„Nix, der sitzt einfach nur da und hat Schiss. Die Oma wurschtelt blöde herum. Keine Ahnung, was die vorhat. Aber ich hab eine Idee. Hol Dir mal irgendeine alte Schaufel oder Harke da drüben aus dem Verschlag. Ich hab ja noch mein Messer. Dann muss die Alte halt Bluten, wenn sie Ärger macht", sagte Michael nun kaltschnäuzig.

Jochen war etwas schockiert über diese Äußerung, doch er hatte keine bessere Idee. Ein alter Spaten war das Einzige, was halbwegs zur Waffe taugte.

Zu allem bereit näherten sich die Jungen nun der Tür. Jochen drehte sich halb zu Michael um, und vergewisserte sich, das er Rückendeckung hatte. Er bekam kaum Zeit, sich wieder der Tür zuzuwenden, da flog sie wie zuvor schlagartig auf und die Alte stürmte unglaublich schnell nach vorn.

Instinktiv wollte Jochen flüchten, doch die Alte sprang ihn mit raubtierhafter Geschwindigkeit von hinten an, schlang Arme und Beine um den Jungen und verbiss sich mit wutentstelltem Gesicht wie eine Schnappschildkröte in seinem Hinterkopf, wobei ihre langen weißen Haare ihren Kopf umspielten wie von einer Windmaschine angeblasen. Jochen schrie vor Schmerzen und Entsetzen. Michael war schockiert. Doch er konnte seinen Freund jetzt nicht einfach seinem Schicksal überlassen. Er musste sofort etwas unternehmen.

Michael zögerte nur kurz, dann rannte er mit dem Messer in der Hand schreiend auf Jochen und die Alte zu und hoffte, er könnte die fürchterliche Frau dadurch wenigstens kurzzeitig in die Flucht schlagen. Doch diese Hoffnung erfüllte sich nicht.

Die Alte hatte keine Angst. Mit unglaublicher Wendigkeit ließ sie von Jochen ab, nachdem sie ihn brutal zu Boden geschleudert hatte. Er blutete stark am Hinterkopf und blieb sofort regungslos liegen.

Dann vollzog die Alte eine groteske Drehung und schlug dem voran stürmenden Michael mit unglaublicher Härte gegen den Brustkorb. Er flog rücklings in die Dornenhecke. Michael war benommen, versuchte aber dennoch, sich sofort aus der stacheligen Umarmung zu befreien, um die Alte erneut anzugreifen und Jochen zu helfen.

Doch je mehr er zappelte und loskommen wollte, desto mehr bohrten sich die Dornen und Stacheln tiefer in sein Fleisch und hielten ihn schließlich fest wie eine hilflose dumme Fliege im Netz einer gierigen Spinne. Jochen regte sich nun wieder und versuchte wankend auf die Beine zu kommen.

Doch die Alte war blitzschnell bei ihm und packte ihn fest im Nacken wie ein Tier. Michael musste tatenlos zusehen, wie auch sein zweiter Freund trotz Gegenwehr mit der fürchterlichen Greisin in der Hütte verschwand und die alte Holztür sich ein weiteres Mal auf erbarmungslose Weise schloss.

Zunächst blieb es still, während Michael weiterhin verzweifelt versuchte, sich unter Schmerzen aus den verflixten Dornen zu befreien. Doch es nutzte nichts. Er war einfach hoffnungslos gefangen. Nach einiger Zeit vernahm er ein irgendwie unbehagliches und seltsames Wimmern aus der Hütte, das von den beiden Brüdern zu stammen schien.

In seinen Gedanken malte er sich allerlei fürchterliche Dinge aus, die die Verrückte den Freunden vielleicht antun würde. Dann war es wieder still und es begann in Strömen zu regnen....

*

Dämmerung. Die Sonne eroberte langsam den Himmel und verdrängte mit rötlichem Licht die dunkle Nacht. Eigentlich ein regelrecht romantischer und beruhigender Moment. Aber nicht für Michael, der nach erneutem anstrengenden und stundenlangen Gezappel nun endgültig aufgegeben hatte, sich allein aus der dornigen Falle zu befreien. Es hatte keinen Sinn.

Sein Körper schmerzte wegen der Dornen und des heftigen Schlags der Alten, er war nass bis auf die Knochen und fror. In der Hütte war es immer noch still. Michael hoffte, die Brüder wären noch halbwegs unversehrt. Und er hoffte, dass das Verschwinden der drei bald auffallen und man nach ihnen suchen würde. Mehr blieb ihm im Moment nicht und er hatte auch keine vernünftige Idee, wie er die verzwickte Situation ändern konnte.

Während er so hilflos in der Dornenhecke hing, dachte Michael auch darüber nach, was letzte Nacht überhaupt passiert war. Das alles hatte mit der Wirklichkeit, wie er sie kannte, nichts mehr zu tun. Alles schien dem Gehirn eines Schriftstellers für Horrorgeschichten entsprungen und Michael konnte nicht begreifen, dass die Alte über körperliche Fähigkeiten verfügte, die man selbst jüngeren Menschen nur selten zutrauen würde.

Leise, zunächst nur leise, hörte er plötzlich stapfende Schritte, die sich auf dem Trampelpfad näherten. Jemand kam mit kräftigem Schritt offensichtlich gut gelaunt in Richtung der Hütte und pfiff dabei ein fröhliches Lied.

Michael hoffte auf einen Spaziergänger, der ihn finden würde. Das konnte endlich die Rettung bedeuten. Es war ihm nicht möglich, den Kopf weit genug zu drehen, um zu sehen, wer da durch den Wald kam. So rief er um Hilfe, so laut er konnte. Der Spaziergänger musste ihn einfach hören.

Doch hören konnte ihn scheinbar nur die Alte, die nun aus dem Haus kam und ihm einen teilnahmslosen Blick zuwarf. Sie ging zum Tor und nun konnte Michael auch erkennen, dass es beileibe kein unbedarfter Waldwanderer oder heldenhafter Retter war, der sich dem Haus genähert hatte.

Es war der verfluchte Metzger, der mit einer ungewöhnlichen Leichtigkeit die drei Fahrräder der Jungen geschultert hatte. Erneut begrüßte die stinkende Alte ihn mit einem innigen Kuss und flüsterte ihm etwas ins Ohr, während sie auf Michael deutete.

Dann ging sie wieder ins Haus und der Metzger brachte seelenruhig die Räder zum Schuppen, wo er sie sorgfältig verstaute. Unangenehm lächelnd kam er dann zu Michael. Der grobschlächtige Mann verharrte kurz und musterte ihn grinsend. Dann zog er Michael äußerst gewaltsam und ruppig aus der Dornenhecke.

„Au", entfuhr es dem Jungen. Mit einer Hand hielt der Metzger Michael am Kragen.

„Lass mich los, Du Arsch", forderte Michael und zappelte in der Luft. Der Metzger sagte nichts.

„Du sollst mich loslassen. Ihr Schweine! Was habt Ihr mit uns vor? Die werden uns suchen und dann seid Ihr dran!", schimpfte der Junge mit dem Mut der Verzweiflung. Der Metzger sagte nichts.

„Dafür geht Ihr in den Knast, Ihr Schweine. Du bist ja krank, die Alte zu küssen, Du alte Sau! Lass mich sofort los!", schimpfte Michael weiter und mobilisierte all seine Kräfte, um sich loszureißen.

Doch der Griff des Metzgers war kraftvoll und hielt den energischen Versuchen des Jungen stand. Der Mann trug Michael zur Grube und ließ ihn darüber in der Luft hängen, als hielte er ein schlachtbereites Kaninchen am ausgestreckten Arm. Dann plötzlich sprach der Metzger doch noch.

„Bursche, jetzt sag ich Dir mal was. Du kannst hier ruhig herumschreien und Dich winden. Sicher wird man Euch suchen, aber finden wird man Euch nicht. Und in den Knast geht hier niemand. Denn eines musst Du wissen. Sie ist schon dermaßen alt, dass Du Dir das in deinem kleinen Köpfchen kaum vorstellen kannst. Sie hat das römische Reich überlebt, die Hexenverfolgung im Mittelalter und wer weiß was sonst noch. Und sie wird noch da sein, wenn alles, was Du jemals kanntest, Deine Freunde, Familie, selbst ich, schon lange zu Staub zerfallen ist. Deine Aufgabe hast Du bestens erfüllt und nun finde Dich mal ganz schnell damit ab, das Dein kleines erbärmliches Leben schon bald zuende sein wird. "

Ohne, dass er Michaels Antwort abgewartet hätte, ließ der Metzger den ungläubigen Jungen in die Grube fallen. Michael fiel und der Fall kam ihm unendlich lang vor. Dann schlug er auf. Sehr hart.

Sein Geist verabschiedete sich und machte Platz für eine ohnmächtige Dunkelheit.

*

Michael wurde wach. Irgendetwas stach ihm in die Seite und ein Tier huschte über sein Gesicht. Nur für einen kurzen Moment wusste er nicht, wo er sich befand. Dann brachten ihn die Dunkelheit und der extreme Verwesungsgeruch um ihn herum sofort auf den Boden der Tatsachen zurück.

Die Grube! Er steckte in der Grube, verdammt! Er fasste an seine Seite und entfernte einen spitzen Gegenstand, der sich durch seine Jacke gebohrt hatte und den er für einen Stock hielt. Er tastete in die Dunkelheit und griff mit seinen Händen in eine seltsame Mischung aus Geäst, Fell und Schleim, der für den Gestank verantwortlich war.

Dass er mitten in den frisch getöteten Katzen lag, war ihm sofort bewusst, doch Michael versuchte in diesem Moment, nicht zu sehr darüber nachzudenken und erst einmal seine Lage und besonders seine Auswegmöglichkeiten zu überprüfen.

Michael putzte die klebrigen Hände an seiner Hose ab und kramte wie automatisch in seiner Jackentasche. Er holte seine Taschenlampe hervor um zu sehen, wo genau er eigentlich gelandet war.

Im Lichtkegel sah er, was er lieber doch nicht gesehen hätte. Er lag nicht nur in einer Grube mit Ästen und einer Handvoll toter Katzen, er lag auf einem großen schleimigen Berg, der scheinbar ausnahmslos aus hunderten Katzen und deren Knochen bestand.

Aber nicht nur blanke Knochen und die kürzlich getöteten Tiere. Es handelte sich um unzählige Katzen in verschiedensten Verwesungszuständen, in deren Fell es waberte und krabbelte und schlüpfte. Hier wurden bereits über Jahre tote Tiere entsorgt.

Maden, eine Armee von Maden und aasfressende Insektensoldaten verrichteten ihr Werk an den Kadavern und Michael saß mitten drin in diesem Haufen fauliger Überreste. Nicht ein Stock hatte sich in seine Seite gebohrt sondern ein abgebrochener kleiner Knochen.

Er stand angewidert auf und war überraschender Weise immer noch nicht in Panik geraten – wozu seine Situation reichlich Anlass gegeben hätte. Doch sein Gehirn funktionierte vielleicht aus Selbstschutz wie ein Uhrwerk. Eins war ihm klar. Er musste hier schleunigst wieder raus, ehe er selbst faulend zwischen den toten Tieren liegen und durch die Maden vom Fleisch befreit würde. Das genau ein solches Ende im Sinne der Alten und des Metzgers war, daran hatte er keinen Zweifel. Aber diesen Gefallen wollte er diesen Schweinen nicht tun.

Er blickte nach oben und sah weit entfernt die Öffnung der Grube. Es war noch immer Tag. Michael leuchtete mit der Taschenlampe an den Wänden der Grube entlang, um irgendwo eine Möglichkeit zu entdecken, wieder nach oben zu klettern. Klettern, das konnte er gut. Und er war sich sicher, dass ihm diese Fähigkeit auch diesmal aus der überaus misslichen Lage helfen würde.

Wie tief die Grube war, konnte er schlecht abschätzen, doch es waren sicher einige Meter. Tief unten gab es nichts, das Michael als Hilfsmittel hätte gebrauchen können. Doch gut einen Meter über ihm drangen starke Wurzeln durch die Wände. Sie wirkten stabil genug, um sein Gewicht auszuhalten. Das sollte doch eigentlich funktionieren.

Er war immer schon ein sportlicher Junge und nun versuchte Michael, mit Hechtsprüngen eine der Wurzeln zu erreichen. Doch ihm fehlten einige Zentimeter. Er überlegte und hatte schnell eine Idee.

Unter Ekel griff er in den fauligen Bodenbelag und begann, die Knochen und Überreste zu einem einzelnen großen Haufen aufzuschichten. Er grub sich über lange Zeit tiefer und tiefer durch die Knochenschichten und stieß dabei schließlich auf etwas Rundes. Einen Stein?

Michael leuchtete mit der Lampe, die er vorher ausgeschaltet hatte, um die Batterie zu schonen und erschrak. Tief unter der dicken Schicht von Katzenknochen lagen zwei Totenschädel, menschliche Totenschädel! Kindliche Totenschädel!

Michaels Aktionismus kam jäh zum Halten und er musste sich erst einmal setzen. Er war also nicht das erste Kind, das in dieser tiefen Grube gelandet war. Das mussten diese verschwundenen Zwillinge sein, von denen Frau Mangold erzählt hatte. Verdammt! Die Geschichte war tatsächlich wahr und niemand da draußen ahnte das!

Er musste wirklich schnellstens hier rauskommen und zusehen, dass er Hilfe holen konnte. Er durfte keine Zeit verlieren. Eifrig setzte er seine unappetitliche Arbeit fort und hatte schließlich einen ordentlichen Haufen felidaeischer Überreste aufgeschichtet. Wie ein Sprinter kurz vor dem Startschuss sammelte er seine Gedanken und setzte zum ersten Sprung an. Nur knapp griff seine Hand in der Dunkelheit am Ziel vorbei.

Er machte einen zweiten Versuch und ergriff mit der rechten Hand eine dicke Wurzel. Michael schwang zur Seite und konnte auch mit der linken Hand Halt finden. Mehrere Schwünge später hatte er sich soweit hochgearbeitet, um auch seine Füße fest im stärkeren Wurzelwerk zu verankern.

Michael atmete durch. Jetzt nur langsam und keinen Fehler machen. Vorsichtig griff er Wurzel um Wurzel, die Öffnung der Grube kam näher und näher. Da! Ein Geräusch!

Michael stoppte seinen Aufstieg und drückte sich eng an die feuchte Wand, obwohl ihn in dieser Dunkelheit kaum jemand hätte sehen können.

Er lauschte angestrengt und hörte die Alte und den Metzger, die unverständliche Worte wechselten. Mann! Nur gut, dass er noch nicht ganz oben angelangt war. Michael hörte das Quietschen des Gartentores, dann war es wieder vollkommen still.

Er wartete zur Sicherheit noch einen Moment, dann setzte er seinen anstrengenden Weg fort. Weiter und weiter gelangte er problemlos nach oben, näher und näher kam die rettende Öffnung der Grube.

Er dachte kurz an Jochen und Jörg. Ob es ihnen wohl noch gut ging? Er würde sie befreien. Er würde die schreckliche Alte und den Metzger in den Knast bringen und sogar das seit Jahrzehnten bestehende Rätsel um die verschwundenen Zwillinge lösen. Michael erreichte die Öffnung und zog sich an die frische Luft. Geschafft, nun würde alles....

Der harte Tritt ins Gesicht traf ihn wie ein Donnerschlag. Der Stiefelabsatz des Metzgers brach Michaels Nase mit einem lauten Knacken.

Während er erneut in die stinkende Schwärze stürzte, bekam er in diesem Moment nicht mehr mit, wie ihm das Blut wasserfallartig aus dem rechten Nasenloch sprudelte und er hart auf dem Knochenberg aufschlug…

*

Frau Mangold und Michaels Mutter saßen mit besorgter Miene auf der Couch, Herr Mangold im Sessel.

„Haben Sie irgendeine Vermutung, wohin die Jungen nachts verschwunden sein könnten? Haben die mal was erzählt?", fragte der ältere der beiden Polizeibeamten, die wie alberne Zinnsoldaten im großen Wohnzimmer der Mangolds standen.

Frau Mangold überlegte, während Michaels Mutter sich wie schon so oft Gedanken darüber machte, was ihr Sohn nun wieder verzapft hätte. Herr Mangold schwieg und fixierte seine Frau.

„Ich weiß nicht", sagte Frau Mangold. „Vor einiger Zeit hat mir Michael Fragen gestellt über das alte Möhringhaus. Ich hab ihm extra gesagt, er soll sich fernhalten. Aber vielleicht sind die drei dahin und es ist was passiert. Das Haus ist steht ja kurz vorm Einsturz."

„Das Möhringhaus?", fragte der jüngere Beamte, der augenscheinlich mit der Umgegend und den lokalen Geschichten nicht vertraut war.

„Das kenne ich", sagte sein Kollege. „Gut, sehen wir uns das mal an."

Die Polizisten fuhren los, dicht gefolgt vom Wagen der Mangolds, in dem auch Michaels Mutter saß. Am Waldweg angelangt, hielten stoppten die Wagen, als den Insassen unerwartet ein ungleiches Paar aus dem Forst entgegenkam. Die Beamten stiegen aus.

„Tag Herr Metzger, auf Spaziergang?", fragte der ältere Polizist.

„Ja, mal die Füße vertreten", erwiderte der Metzger gespielt freundlich – was dem Beamten scheinbar nicht auffiel. Die junge Frau an seiner Seite lächelte freundlich und der Beamte machte sich seine Gedanken.

„Fräulein Möhring?", rief Frau Mangold aufgeregt, nachdem sie ebenfalls das Fahrzeug verlassen hatte.

„Oh, Sie kennen mich?", erwiderte die Blonde leicht erstaunt.

„Ja, hier kennt doch jeder jeden. Wir suchen unsere Jungs. Waren sie beim alten Haus? Sind die Kinder da?"

Die Blondine erwiderte: „Ach, Omas Haus. Ja, ich hatte heute mal Lust auf eine nostalgische Runde zur Hütte. Aber da war niemand."

Der Beamte meldete sich zu Wort: „Sie haben nichts dagegen, wenn wir uns da mal umsehen, Fräulein?"

Die Blondine lächelte weiter: „Keineswegs, kaputtmachen können Sie da ja nichts mehr.

Wenn es Ihnen weiterhilft, dann sehen Sie ruhig nach. Noch einen schönen Tag. Ich hoffe, sie finden die Jungs."

Ohne sich zu verabschieden, stiegen die Beamten wieder ins Fahrzeug und fuhren mit den Eltern im Schlepptau den Waldweg entlang. Der Metzger und seine Begleiterin sahen ihnen lächelnd nach, küssten sich und setzten ihren Weg fort.

Am Ende des Weges stiegen die Beamten aus. Frau Mangold rannte direkt in den Wald.

„Jochen?! – Jörg?! – Michael?!", rief sie und ihr Mann sowie Michaels Mutter taten es ihr gleich. Doch es gab keine Antwort. Rufend gelangten Sie eiligen Schrittes zur Hütte und die Beamten umrundeten das Grundstück.

„Hm", grummelte der ältere Polizist. „Hm, ich glaube, auf dem Grundstück war schon lange niemand mehr. Keine frischen Spuren, nichts platt getreten."

Frau Mangold rief weiter: „Jochen?! – Jörg?! – Michael?!"

Keine Antwort. Der Polizist warf einen Blick durch das Tor und rüttelte daran. Vor ihm lag der zugewucherte Garten, vom Tor bis zur Haustür stand das mannshohe Gestrüpp und nicht eine Spur deutete an, dass vor kurzem jemand auf dem Grundstück war. Kein Halm war umgetreten, kein Loch in der Hecke zu erkennen und das Tor war durch den Rost geradezu mit seiner Fassung verwachsen. Hier würden sie die vermissten Jungen sicher nicht finden

Frau Mangold bemerkte, dass die Polizisten keinerlei Anstalten machten, auf das Grundstück zu gelangen und dort zu suchen.

„Ja, wollen Sie denn nicht mal in der Hütte nachsehen!? Die können doch im Keller eingebrochen sein oder so!", sagte sie nervös.

„Frau Mangold, mal ehrlich. Wir haben die Fahrräder der drei Jungs hier nirgendwo gefunden. Und das alte Grundstück sieht eindeutig so aus, das man sagen kann, hier ist schon seit Jahren niemand mehr auf dem Gelände gewesen. Und ihre Kinder antworten nicht. Wir sollten nochmals genau überlegen und woanders suchen."

Frau Mangold wurde leicht hysterisch: „Das glaube ich jetzt nicht! Klaus, sag doch auch mal was!", herrschte sie ihren Mann an.

„Schatz, der Herr hat recht, hier ist doch nichts. Das sieht doch jeder, dass hier in den letzten Tagen niemand war. Wir müssen woanders suchen."

„Jochen?! – Jörg?! – Michael?!", rief Frau Mangold weiter. „Ihr braucht keine Angst zu haben, Wir bestrafen Euch nicht!"

Eine Antwort blieb aus. Die Mangolds riefen weiter die Namen der Jungen in den Wald hinein, während sich die Gruppe auf den Rückweg machte. Das Rauschen des Windes und ein sich in der Ferne an einem Baum zu schaffen machender Specht blieben die einzige Antwort…

*

„Jochen?! – Jörg?! – Michael?!" – Wie durch Watte drangen die Rufe an Michaels Ohr.

„Jochen?! – Jörg?! – Michael?!"

Michael spürte einen unangenehmen Geschmack aus faulem Fleisch und Blut in seinem Mund. Kopfüber lag im Aashaufen. Er richtete sich langsam auf, spuckte aus und musste registrieren, dass sein ganzer Körper ein einziger Schmerz war.

„Jochen?! – Jörg?! – Michael?!"

Tatsächlich, er hatte sich das nicht eingebildet. Da suchte jemand nach ihm und seinen Freunden. Michael blickte mit geschwollenem Gesicht gen Himmel. Ungelenk wischte er sich einige Maden und blutige Verkrustungen aus dem schmerzenden Antlitz. Seine Nase und das rechte Augen waren geschwollen und er hätte mit seinem Aussehen in jedem Horrorfilm mitwirken können. Doch kein Horrorfilm war so schlimm wie das, was er bis jetzt erlebt hatte.

„Jochen?! – Jörg?! – Michael?!"

Die Rufe kamen näher und Michael nahm all

seine Kraft zusammen, stellte sich aufrecht und rief um sein Leben.

„Hiierr! Wir sind hiieeerrr! An der Hütte. In der Grube. Haaalllooo!!!"

Er lauschte und vernahm die Stimmen mehrerer Personen, die nahe am Haus sein mussten.

„Hier bin ich! Hört Ihr mich! Ich bin Hieer. Hiiillfe!! Holt mich raus!!!"

Wieder lauschte Michael und die Personen waren nun ganz nah. Sie mussten ihn doch gehört haben. Er rief weiter in einer Mischung aus Optimismus und Verzweiflung. Das musste die Rettung sein. Das hatte er gewusst. Endlich hier raus. Wieder rief er und wieder lauschte er, ob sich jemand näherte. Doch so, wie die Personen sich genähert hatten, entfernten sie sich nun wieder. Das konnte doch nicht sein! Sie mussten ihn doch gehört haben. Er rief erneut mehrmals um Hilfe, bis die Geräusche der Personen wieder in der Ferne verstummten. So ein Mist. Er hatte doch so laut gerufen. Warum hatten sie ihn denn nicht gehört? Das konnte doch nicht….

Aber es war die bittere Wahrheit. Niemand hatte ihn gehört. Niemand kam und holte ihn aus der fürchterlichen Grube heraus. Niemand.

Mit der schwindenden Hoffnung verlor Michael nun sämtliche Kontrolle. Er fiel auf die Knie und weinte bitterlich. Weinte, wie er noch nie in seinem Leben geweint hatte und fühlte sich einfach nur unendlich allein und schwach. Schluchzend kramte er in seiner Jacke nach den letzten Keksen. Er aß nur einen, damit er später noch etwas Proviant hatte. Gegen den aufkommenden Durst war er allerdings machtlos. Nun wünschte er sich, es würde noch etwas regnen. Und als hätte der Himmel seinen Wunsch erhört, ertönte ein einzelner lauter Donnerschlag, gefolgt von einem schlagartig einsetzenden Wolkenbruch. Michael stellte sich auf und öffnete den Mund. Gierig saugte er jeden einzelnen Wassertropfen auf wie ein Schwamm und stillte vorerst seinen Durst.

Dass das Regenwasser den Boden der Grube füllte und langsam anstieg, war ihm im Moment vollkommen egal. Es regnete für Stunden bis in die Nacht und Michael stand mittlerweile bis zu den Waden im fauligen Wasser. Verzweifelte Insekten suchten die Rettung vor dem Ertrinken an seinen Hosenbeinen und den Wänden der Grube.

Die Tiere störten Michael kaum noch. Er hockte sich auf den Knochenhaufen und schaltete die Taschenlampe ein. Das Licht gab ihm ein trügerisches Gefühl von zwischenzeitlicher Sicherheit und er nahm sich vor, mit dem Anbruch des Tages einen erneuten Versuch zu wagen, die Grube zu verlassen. Der Metzger konnte ja nicht die ganze Zeit vor dem Haus warten und auch die Alte verschwand ja hin und wieder. Irgendwann wäre er hier raus.

Mit diesen Gedanken wurde Michael schließlich von der Erschöpfung übermannt. Angelehnt an die feuchte Wand schlief er ein, wobei ihm seine Lampe aus den Fingern rutschte und ihr Licht flackernd im kadavergeschwängerten Wasser erstarb.

*

Wie lange er geschlafen hatte, wusste Michael nicht, doch es war immer noch dunkel, als er wach wurde. Oder war es schon wieder dunkel? Sein Zeitgefühl war durcheinander geraten und er ärgerte sich, dass er damals seine moderne elektrische Armbanduhr mit rot leuchtender Zahlenanzeige verloren hatte. Nun hatte er keine Ahnung, wie lange er schon in der blöden Grube hockte.

Seine Taschenlampe suchte er vergeblich. Sie war mittlerweile eins mit dem schleimigen Grund der Grube. Er lauschte angestrengt, ob von oben ein Geräusch zu hören war. Es herrschte Stille.

Es war an der Zeit, einen erneuten Versuch zu wagen, die Grube zu verlassen. Seine ursprüngliche Methode hatte sich ja im Grunde als erfolgreich bewiesen.

So schichtete er erneut Knochen auf den Haufen, der ihm als Nachtlager gedient hatte, bis er schließlich ungefähr die gleiche Höhe erreicht hatte wie zuvor.

Was die Sache nun erschwerte war der angeschlagene Zustand, in dem er sich befand. Er aß zur Stärkung noch zwei zerbröselte Kekse und war sich durchaus bewusst, dass er nicht mehr allzu viele Versuche hatte, bis er körperlich nicht mehr in der Lage war, dem stinkenden Loch zu entkommen.

Michael konzentrierte sich auf seinen Sprung. 1-2-3- und los! Er konnte an keiner der Wurzeln über ihm Halt finden. 1-2-3 - und los! Wieder griff er ins Leere.

Er baute den Knochenhaufen noch etwas höher. Nun musste es funktionieren. 1-2-3 - und los! Er konnte eine Wurzel ergreifen. Wie zuvor schwang er zur anderen Seite, fand weiteren Halt und konnte sich nach und nach an der feuchten Wand nach oben bewegen. Er war so auf sein Ziel fixiert, das er die Schmerzen am Körper ausblendete und kaum noch registrierte.

Das Gehirn ist schon ein seltsamer Apparat, der in besonderen Situationen irgendwelche Schutzmechanismen aktiviert, um Krisensituationen zu meistern.

Da, er hörte die Tür der Hütte zufallen und verharrte regungslos. Es war die Alte, die unaufhörlich murmelnd aus ihrer Behausung kam. Michael verfolgte ihre schlurfenden Schritte, vernahm das Öffnen und Schließen des Tors und lauschte angestrengt auf weitere Geräusche. Doch es blieb ruhig.

Michael kletterte weiter, immer weiter und sah erneut das Ziel, die Öffnung der Grube, näherkommen. Weiter und weiter erklomm er Wurzel um Wurzel, näher und näher kam das rettende Licht der anbrechenden Dämmerung. Als wolle ihn das Schicksal verspotten, gab dann plötzlich eine der Wurzeln nach.

Michael rutschte nach unten, versuchte Halt zu finden und riss in seinem Fall weitere Wurzeln ab. Zwar wurde sein Sturz gebremst, doch er schlug dennoch hart auf dem Grund auf. Ein heftiger Schmerz durchfuhr seinen rechten Fußknöchel und er schrie auf.

In stechenden Interwallen pochte es im Fußgelenk und Michael biss sich auf die Hand, um den starken Schmerz zu kompensieren. War der Fuß jetzt etwa gebrochen? Vorsichtig betastete er das Gelenk und bewegte den Fuß. Einen Bruch konnte er nicht feststellen, aber er war ja nur eine Junge und kein Arzt.

Trotzdem schien der Fuß nur verstaucht zu sein. Was in seiner Situation schon schlimm genug war. Da er auf seiner unerfreulichen Reise in die Tiefe gleich mehrere Wurzeln mitgerissen hatte, die ihm zuvor Halt geben konnten, waren seine Chancen, sich aus eigener Kraft zu befreien, nun gleich Null.

Resignierend setzte er sich und dachte zum ersten Mal darüber nach, dass er dieses stinkende Loch vielleicht nie mehr verlassen könnte und irgendwann sein blanker Totenschädel ebenso inmitten der toten Katzen liegen würde wie die Köpfe, die er bereits entdeckt hatte. Eine relativ schlimme Vorstellung…

Michael aß seinen letzten Keks und hatte fürchterlichen Durst. Sein Fußknöchel schmerzte nicht mehr ganz so arg, da er ihn für mehrere Stunden ruhig gehalten hatte. Waren es mehrere Stunden? Wie lange war er nun schon in diesem Loch? Er hatte keine Ahnung.

Oben war immer noch Tag und nichts regte sich an der Hütte. Zumindest ging er davon aus, denn er hatte nichts mehr gehört. Wenn die schreckliche Alte wieder heim gekommen wäre, hätte er das sicher mitbekommen.

Scheiße! Erst jetzt dachte er wieder an seine Freunde, die ja immer noch da oben sein mussten. Warum war er da nicht eher drauf gekommen? Anstatt hier alleine sinnlose Fluchtversuche zu unternehmen, sollte er lieber sehen, ober er Kontakt zu den Brüdern aufnehmen konnte.

Er richtete ungelenk sich auf, wobei er im Stand sein Gewicht auf den noch heilen linken

Fuß verlagerte und blickte nach oben.

„Jochen?! Jörg?!", rief er, so laut er konnte. „Jochen?!, Jörg?!"

„Michael?", vernahm er unerwartet schnell Jochens leise Stimme aus der Hütte.

Michael freute sich. „Ja! ich bin in der Grube! Was ist mit Euch?", rief er.

„Michael, der Jörg sagt Garnichts mehr. Der sitzt nur da."

„Hat die Alte Euch was getan?"

„Ich weiß nicht. Ich kann mich nicht bewegen!"

„Wie? Seid Ihr eingesperrt?"

„Nein. Die hat uns was gegeben, ich glaube, wir haben geschlafen!"

„Mist! Versuch doch, ob Du nicht doch irgendwie was machen kannst. Ich komm´ hier alleine nicht raus. Wir müssen hier weg, bevor die Alte wiederkommt!"

„Ich hab das schon versucht. Geht nicht!"

Michael überlegte. Was hatte die Alte den beiden denn verabreicht. Waren die jetzt gelähmt oder was?

„Vielleicht musst Du noch was warten! Wenn Du jetzt schon wach bist, kannst Du dich ja vielleicht bald schon wieder ganz bewegen!"

„Ja!", rief Jochen. "Ich warte und versuch´s weiter!"

Gut, im Moment war nichts zu machen.

Wenn es Jochen schaffen könnte, aufzustehen und ihm endlich hier raus zu helfen, dann gab es Hoffnung. Gewartet hatte Michael in der jüngsten Vergangenheit ja schon genug, nur noch etwas mehr Geduld, das war es, was er nun brauchte.

Die Zeit verging und plötzlich hörte Michael, wie sich die Tür zur Hütte öffnete und schloss. War die Alte wieder da? Aber er hatte doch das eiserne Tor nicht gehört. Er vernahm ein schlurfendes Geräusch und blickte nach oben. Ein Kopf lugte über die Öffnung in die Dunkelheit. Es war Jochen.

„Jochen! Du bist da!", rief Michael erleichtert.

„Mann, da unten drin bist Du? Ich seh´ dich gar nicht!", rief Jochen.

„Bist Du wieder fit?", fragte Michael.

„Ich weiß nicht, meine Beine merk´ ich noch nicht so richtig. Ich bin hier wie so´ne alte Eidechse auf dem Boden lang gekrochen. So ein Scheiß."

„Super! Jetzt guck mal, ob Du da irgend ein Seil oder sowas findest. Mir geht´s echt nicht gut hier unten!"

Jochen blickte zur Seite: „Ich kriech mal zum Schuppen, vielleicht finde ich was."

„Gut", antwortete Michael.

Jochen bewegte sich kriechend davon und Michael hörte ihn, wie er sich am Schuppen zu schaffen machte. Mann, wenn das jetzt klappen würde.

In Gedanken malte er sich bereits aus, wir er sich gegenseitig stützend mit dem ebenfalls humpelnden Jochen davonmachen würde, um Hilfe zu holen und das Spiel der Alten und des Metzgers zu beenden. Die beiden würden schon sehen. Jochen kramte ausgiebig im Schuppen herum, was für Michael unendlich lange dauerte. Dann kam sein Freund endlich wieder zu Grube zurück.

„Mist, ich find da nix. Nur unsere Räder und Töpfe und so. Ich such mal in der Hütte."

„Gut", rief Michael. "Aber beeil Dich. Nicht, dass die Alte gleich wiederkommt." „Ja, ich beeil mich", antwortete Jochen und verschwand.

Gespannt wartete Michael auf seine Rückkehr. Eine Rückkehr, die es nicht geben würde, denn er hörte das verfluchte quietschende Geräusch des Eisentores, das Schlurfen und Murmeln der Alten und deren Wut, als sie die offene Tür ihrer Hütte bemerkte. Fluchend und schnellen Schrittes bewegte sie sich ins Haus, die Tür schlug zu und Michael vernahm einen markerschütternden Schrei, der nur von Jochen stammen konnte. Es polterte und die Alte schrie und tobte, dann war es schlagartig ruhig. Unheimlich ruhig.

Verdammt nochmal, warum gab es denn keinen Ausweg aus dieser beschissenen Lage? Bis jetzt hatte sich Michael immer irgendwie aus misslichen Situationen befreien können, aber diese Sache war einfach etwas ganz Anderes als im Supermarkt beim Diebstahl erwischt zu werden, oder mit einem Beutel voller illegal erworbener Sylvesterknaller vor einer Zivilstreife der Polizei zu flüchten.

Die Situation, in der er sich nun befand, war aussichtslos. Daran gab es nichts zu rütteln. Er war darauf angewiesen, dass ihm irgendjemand helfen würde. Aber wer? Die Antwort auf diese Frage war hart und unbarmherzig: wahrscheinlich Niemand.

*

Das Geräusch war zunächst nur leise zu hören und doch war es auf seltsame Art unangenehm. Eine Art Schleifen, als würde ein Messer an einem Schleifstein geschärft. Aber nicht so ein durchgehendes Schleifen sondern irgendwie abgehackt. Als hätte ein findiger Tontechniker das Zischeln einer Giftschlange mit einem entnervenden Schleifgeräusch kombiniert. Ein zischelndes Schleifen, wenn es denn so etwas überhaupt gab.

Michael vernahm es sehr schwach, als er

aufwärts zum nächtlichen Himmel blickte. Das Geräusch kam aus der Hütte, da war er sicher. Dann verstummte das Geräusch und wurde abgelöst durch ein Wimmern. Das erbärmliche Wimmern eines Kindes. Das Wimmern eines Freundes. Michael lauschte beunruhigt. Das Wimmern wurde lauter und steigerte sich in gewissen Abständen in abscheuliche Schmerzensschreie, wobei sich auch das unheimliche, nun lauter klingende Schleifgeräusch darunter mischte. Mein Gott, was machte die Alte dort oben in der Hütte?

Das Geschrei schien zunächst nur von einem Bruder zu stammen. Dann jedoch entwickelte es sich zu einem kaum zu etragenden zweistimmigen Schmerzensgesang. Den beiden Brüdern wurde Fürchterliches angetan! Einen anderen Schluss ließ die unmenschliche Geräuschkulisse nicht zu. Immer wieder ebbten die grausigen Schreie ab, wurden von erbärmlichem Jammern abgelöst und durchbrachen erneut die Wände der Hütte, als die Alte mit ihrem teuflischen Werk weitermachte.

Michael konnte und wollte das nicht hören und presste sich die Hände auf die Ohren, als könne er damit alles ungeschehen machen. Was man nicht sieht, was man nicht hört, das passiert auch nicht! Doch auch, wenn er sich selbst aus dem Geschehen ausblendete, es war dennoch finstere Realität. Jochen und Jörg litten Höllenqualen, was immer ihnen die Alte antat, es war so schlimm, dass man es keinem Lebewesen auf Erden wünschen würde.

Michael beging den Fehler, und nahm kurz die Hände von den Ohren. Er hörte einen spitzen Schrei und ein Knirschen und Knacken wie von einer brechenden Holzlatte. Waren das Knochen? Er geriet in Panik, verschloss seine Ohren erneut und schlug in seiner Verzweiflung mit dem Kopf gegen die morastige Wand der Grube. „Nein, nein, nein", sagte er zu sich selbst und verharrte dann mit zugehaltenen Ohren hockend für den Rest der Nacht.

Mit Anbruch des Morgens waren die grausigen Schreie verstummt und es herrschte Grabesstille. Michael schluckte und bemerkte den rasenden Durst und seinen ausgetrockneten Mund. Schon viele Stunde hatte er nicht mehr getrunken. Er war fest davon überzeugt, dass seine Freunde von der Alten auf übelste Weise ermordet wurden.

Diese Hexe hatte sie gequält und ermordet. Eine Kindesmörderin war sie und Michael musste daran denken, wie seine Mutter ihn früher davor gewarnt hatte, mit fremden Leuten zu reden oder ihnen zu folgen, weil es viele böse Menschen gab, die nur darauf warteten, ein Kind in ihre Finger zu bekommen. Nun hatte er sich und seine Freunde sogar freiwillig in die Nähe einer solchen Person gebracht und sie bezahlten bitter dafür.

Geschwächt durch Flüssigkeitsmangel, Hunger und starke Schmerzen hockte Michael nun bewegungslos in der Grube. Der Tag zog an ihm vorbei, es kam die Dämmerung und dann die Nacht.

Mit der Nacht kehrte das Schleifgeräusch zurück, ebenso wie das Wimmern und das Schreien und das Splittern von Knochen. Die Brüder hatten es noch nicht hinter sich und das grausame Spiel zog sich erneut über viele Stunden hin, in denen Michael nur erneut seine Ohren verschließen und abwarten konnte, dass es endlich aufhört.

Doch es hörte nicht auf. Hörte nicht auf, als die Kirchturmuhr im Ort 3 schlug, hörte nicht auf, als der Mond sich auf den Weg zum Horizont machte – es hörte erst auf, als das Tageslicht die Oberhand gewann und eine weitere fürchterliche Nacht beendete.

Michael war langsam am Ende seiner Kräfte. Er saß nur noch apathisch im stinkenden Loch und wartete ohne dass er es wusste auf den unabwendbaren Abschluss dieser Geschichte.

Erst, als er mitbekam, dass sich die Tür der Hütte öffnete, regte sich etwas in ihm und er blickte auf. An der Öffnung der Grube tauchte die schreckliche Alte auf. Sie hob einen großen Eimer oder Korb über das Loch und lies den Inhalt auf Michael niederprasseln.

Etwas traf ihn hart am Kopf, doch er konnte nicht einmal mehr aufschreien vor Schmerz. Er tastete in der Dunkelheit und bekam zu fassen, was ihn getroffen hatte. In der Finsternis glitten seine Finger zittrig über eine krustige Oberfläche, dann über Augenhöhlen, Jochbein, Zähne.

Es war ein Schädel. Der Schädel von einem seiner Freunde, deren Überreste frei von Fleisch und Gewebe einfach wie Abfall von der alten Hexe in der Grube entsorgt wurden. Als wären es Gartenabfälle oder Küchenreste. Michael musste weinen.

Nun war es gewiss. Jörg und Jochen waren tot und auch er würde es bald sein. Vergessen von der Außenwelt würde niemand je erfahren, was mit ihm und seinen Freunden passiert war.

Schluchzend wurde Michal schließlich von der Erschöpfung übermannt und sein Gehirn entschied selbsttätig, sein Bewusstsein vorrübergehend auszuschalten.

*

Michael wurde von seiner Mutter geweckt. „Aufstehen, mein Großer, Komm, die anderen warten schon."

Michael blinzelte und blickte in das freundliche Gesicht seiner Mutter, die auffordernde Bewegungen mit den Armen machte. „Na, los, nun komm doch endlich."

Michael setzte sich auf. Er steckte in einem blauen Frottee-Schlafanzug, den er noch nie zuvor im Leben gesehen hatte. Vor dem Bett standen ähnlich unbekannte Hausschuhe, in die er mit den Füßen hineinschlüpfte.

Noch immer müde schlurfte er ins Wohnzimmer und wurde von einer Gruppe Menschen überrascht, die allesamt „ALLES GUTE ZUM GEBURTSTAG!" riefen, um dann ein schräg gesungenes „Zum Geburtstag viel Glück" anzustimmen.

Das gesamte Zimmer war mit bunten Luftballons, Girlanden und Luftschlangen geschmückt. Neben seiner Mutter waren Jochen, Jörg, ihre Eltern und einige verflossene Bekannte seiner Mutter anwesend - ebenso wie sein ehemaliger Kumpel Alex, den er vor einem Jahr zurücklassen musste und der immer noch sein zerschlissenes Superman-T-Shirt trug.

Michael freute sich über die Gäste, deren Zusammentreffen bei genauer Überlegung so gar keinen Sinn machte. Aber das war egal. Michaels Mutter winkte ihren Sohn zum Tisch herüber, wo eine bunte Kuchenglocke stand.

„Komm her, Großer, das hier ist nur für

Dich", sagte sie freundlich und fügte hinzu: „Das hat Frau Mangold für Dich gemacht."

Frau Mangold lachte und klatschte in die Hände, als wäre sie selbst begeistert von ihrem Werk. Herr Mangold hatte stolz seine Hand auf die Schulter seiner Frau gelegt. Als Michael am Tisch angelangt war, hob seine Mutter mit einer triumphierenden Bewegung den Deckel vom Kuchen und Michael sah Frau Mangolds Meisterwerk.

In runder Form präsentierte sich ein verdrehter Haufen aus Fell und Knochen, der bei genauerem hinsehen aus mindestens zwei Katzen bestand. Gedärm quoll hervor und als Verzierung gab es lebende Streusel in Form von Maden und Insekten. Brennende Kerzen, die wie Knochen geformt waren, steckten schräg in der Torte.

Michael lachte freudig und pustete die Kerzen gleich mit dem ersten Versuch aus, wobei einige Maden vom Windzug mitgerissen wurden und über den Tisch purzelten.

Michaels Mutter schnitt einen ordentlichen Keil aus der fauligen Fleischtorte und sagte: „Für das Geburtstagskind das erste Stück", womit sie Michael einen Teller mit dem Kuchenstück überreichte.

Michael freute sich und nahm mit der Gabel ein herzhaftes Stück ab, das er sich dann gierig in den Mund stopfte. Dann wurden auch an die übrigen Gäste große Stücke verteilt, die von ihnen mit lautem Schmatzen vertilgt wurden.

In diesem Moment wurde es schlagartig dunkler im Raum. Die Ballons, Girlanden und Luftschlangen zerflossen zu grünschwarzem Schleim und Michaels Geburtstaggäste zerfielen zu unansehnlichen, zersplitterten Knochenhaufen.

Michael aß unbeeindruckt weiter und sprach dann zum Haufen, der zuvor Frau Mangold war: „Eins nehm ich noch", wobei sich noch ein zweites Stück der ekligen Torte auf den Teller legte. Das schmeckte ihm nochmal so gut wie das erste Stück…

*

Das Zuschlagen des eisernen Tores weckte Michael aus seinem seltsamen Traum. Er lag rücklings auf dem Knochenhaufen und öffnete die Augen, so gut es ging. Ob nun jemand gekommen war, oder die Alte gerade verschwunden, das vermochte er nicht zu sagen.

Er sah weit oben durch die Öffnung der Grube das Tageslicht. Am blauen Himmel zogen vereinzelte Wolken vorbei. Vor noch nicht allzu langer Zeit hätte er die Wolken betrachtet und versucht, in ihnen bekannte Formen auszumachen. Einen Dinosaurier, ein Schiff oder einen

Baum.

Nun ließ er die Wolken vorbeiziehen, ohne dass es ihn interessierte oder seine Phantasie beschäftigte. Eigentlich beschäftigte ihn überhaupt nichts mehr. Er hatte schon unendlich lange nichts mehr gegessen und der Nahrungsmangel, seine Verletzungen aber vor allem die Dehydrierung machten seinem Körper zu schaffen.

Er hatte bereits mehrere Tage nicht mehr getrunken und sein Blut wurde nur noch dickflüssig und mit schwachem Herzschlag durch die Venen und Adern gepumpt.

Zunächst hatte er noch starke Kopfschmerzen bekommen, doch nun war er an einem Punkt angelangt, an dem selbst die Schmerzen hinter ihm lagen. Nach und nach hörten das Pochen in seinem Gesicht und in seinem Fuß, das Brennen der kleineren Verletzungen und Schürfwunden, einfach auf.

Seine Organe entschieden, dass es für ihre Tätigkeit bald keinerlei Verwendung mehr gäbe und begannen nach und nach, ihre Funktion einzustellen. Nur noch wenige Gedanken waren in seinem Kopf. Er dachte nicht mehr an Umzüge, die Brüder Jochen und Jörg und Frau Manngolds Kochkünste.

Er dachte nicht mehr an die Eisdiele, das Jugendheim und Fahrradtouren oder seine Knochensammlung. Er dachte selbst nicht mehr an die stinkende Alte, tote Katzen oder den Metzger. Alles war egal, in ihm war nur noch vollkommene Gleichgültigkeit.

Insekten krochen über seinen zerschundenen Körper und Maden suchten sich bereits ihren Weg in seine Körperöffnungen. Auch das war ihm egal. Sollten sie ihn doch fressen, dazu waren sie ja schließlich da. Und er war dazu da, ihnen als Nahrung zu dienen. So funktionierte die Natur schon immer und das würde auch immer so bleiben.

Michael befand sich in einem Dämmerzustand, dessen Ende nun keine Fragen mehr offen ließ. Nur ein einziges Mal produzierte sein Gehirn noch einen halbwegs klaren Gedanken.

Michael dachte an seine Mutter, sah sie nach Hause kommen und seinen Zettel finden. Einen Zettel, auf dem stand, er würde nun nicht mehr losziehen, um Mist zu bauen. Er würde einfach hier liegen bleiben und zwar für immer.

Als ihm einige Stunden später ein großer Tausendfüßler über die gebrochenen Augen eilte, merkte Michael davon nichts mehr…

*

Mit völlig verweintem Gesicht saß Frau Mangold auf der Couch. Sie schluchzte in ein aufgeweichtes Papiertaschentuch und blickte ins

Leere. Herr Mangold hatte in vollkommener Hilflosigkeit seinen Arm um seine Gattin gelegt. Sein Blick war leer.

Es war mittlerweile 2 Monate her, dass ihre Kinder mit ihrem Freund beim Zelten verschwunden waren. Seitdem hatten auch eine groß angelegte Suche, Aufrufe in der Presse und andere Aktionen nicht dazu geführt, etwas über den Verbleib der Kinder herauszufinden. Sie blieben wie vom Erdboden verschluckt.

„Wir tun natürlich weiterhin, was wir können", sagte der Polizeibeamte mit ernster Miene, „aber es ist nun mal so, dass nach einiger Zeit Kapazitäten abgezogen werden müssen für andere Fälle. Unsere kleinere Ermittlungsgruppe bleibt aber am Ball."

Die Mangolds sagten nichts. Herr Mangold nickte mehr automatisch als bewusst und seine Frau schnäuzte ihre Nase.

„Ich würde Ihnen gerne mehr Hoffnung machen", fuhr der Beamte fort, „und das mag für Sie jetzt sehr hart klingen. Ich möchte bei Ihnen aber auch keine falschen Erwartungen erzeugen. Nach so einer Zeit müssen sie sich auch mit dem Gedanken befassen, dass ihre Söhne und ihr Freund vielleicht nicht wieder auftauchen. Wir glauben nicht, dass sie einfach mit dem anderen Jungen abgehauen sind.

Nachdem, was Sie und Michaels Mutter uns

erzählt haben, bestand dafür wirklich kein Grund. Wir gehen davon aus, dass eine weitere Partei für das Verschwinden verantwortlich ist, aber uns fehlen Hinweise. Wir haben leider nichts, keine Spuren, die wir verfolgen könnten und stehen da wirklich vor einem Rätsel. Ich würde Ihnen liebend gerne etwas anderes sagen, das können Sie mir glauben."

Herr Mangold rang um Fassung: „Ich weiß, dass Sie alles in Ihrer Macht stehende unternommen haben. Meine Frau und ich rechnen bereits mit dem Schlimmsten. Auch wenn die Jungs nicht mehr leben sollten, bitte finden Sie die drei. Diese Ungewissheit, das macht uns kaputt. Man muss doch irgendwann wissen, was passiert ist, um damit umzugehen. Wenn man so gar nichts weiß, dann hört das nie auf. Hoffnung, keine Hoffnung…"

Der Polizist antwortete nicht und im Raum breitete sich eine unbehagliche Stille aus. Nur um Irgendetwas zu sagen, nahm der Beamte ein Foto der Mangold-Kinder von der Anrichte und betrachtete es.

„Ist schon komisch", bemerkte er, „wenn man die beiden so sieht, würde man nie auf den Gedanken kommen, dass sie Zwillinge wa….sind."

Frau Mangold entfuhr ein tiefer Schluchzer, ihr Mann schluckte. Beide saßen noch lange auf

der Couch, nachdem die Polizeibeamten das
Haus verlassen hatten…

Das Hochland von Äthiopien, 2014

„Professor Kellerman, Professor Kellerman!"
Die junge Frau lief aufgeregt zum Jeep des älteren Mannes, der dort konzentriert in einigen Unterlagen blätterte. Kellerman blickte widerwillig auf.

„Was gibt's, Jessica?", fragte er etwas genervt und blickte streng über den Rand seiner auf der Nasenspitze sitzenden Brille.

„Professor, wir haben etwas gefunden, das sollten sie sich ansehen."

Kellerman folgte seiner Assistentin über das große Ausgrabungsfeld in der Nähe von Wugro, dass er seit 2 Jahren akribisch beackerte. Zwar hatte er mit der Entdeckung einer antiken Tempelanlage schon einen auch international beachteten Erfolg verbuchen können, aber er hoffte natürlich auf weitere Funde von großer Bedeutung. Jessica führte ihn aufgeregt zu einer Öffnung im Berg, die von seinen Mitarbeitern aufgestemmt worden war.

„Hier nehmen Sie", sagte Jessica und reichte ihm eine Lampe. Gemeinsam, stiegen sie in die sich vor ihnen öffnende Höhle hinab.

Der Weg war nicht besonders schwierig, aber es ging rund 15 Meter in die Tiefe und eine einfache Holzleiter half, die Strecke bequem zu meistern. Dann blieb Jessica auf einem Felsvorsprung stehen und sagte: „Leuchten sie mal nach unten, sowas haben auch Sie noch nicht gesehen."

Kellerman ließ den breiten Lichtkegel seiner Lampe nach unten gleiten. Er erblickte einen Berg von Knochen. Bei genauerem Hinsehen erkannte er eine Vertiefung von etwa 2 Metern Länge und 3 Metern Breite, die über und über mit menschlichen Überresten gefüllt war. Jessicas Aufregung bezog sich aber auf etwas anderes. Um die Vertiefung herum waren gut zwei Dutzend einfach geformte und etwa einen halben Meter große Katzenskulpturen positioniert. Alle Figuren standen mit dem Rücken zur Vertiefung, als sollten sie die Knochen bewachen.

„Mhm, scheint auf den ersten Blick ein altes Massengrab zu sein", murmelte der Professor. „Wäre zunächst nichts Besonders. Aber Du hast recht. Diese Figuren und wie sie angeordnet sind. Das ist neu."

„Nicht wahr?", erwiderte Jessica, „und sehen sie sich mal die Knochen an. Das ist sicher kein normales Grab."

Kellermann leuchtete immer noch auf die menschlichen Überreste. Er stieg weiter hinab und sah sich die Gebeine genauer an. Er erkannte neben unzähligen Totenschädeln nur vollkommen zersplitterte Knochen. Kein Skelett schien auch nur ansatzweise intakt geblieben zu sein.

Eine intensivere Untersuchung des Fundes ergab, dass die Katzenskulpturen Ähnlichkeit mit frühdynastischen Stücken aus Ägypten hatten, aber weitaus jünger waren. Bei allen Toten, die in der Grube zu finden waren, wurden die Knochen noch zu Lebzeiten mit Gewalt zerschmettert. Außerdem konnten die menschlichen Überreste, die ohne Ausnahme von Kindern stammten, zu Paaren zusammengefügt werden. Es handelte sich durchweg um Zwillingspaare, die in der versteckt liegenden Höhle ihre letzte Ruhe gefunden hatten.

Was dabei noch rätselhafter war als der Zustand der Gebeine war die Tatsache, dass die Knochen aus verschiedenen Zeiten stammten. So konnten die ältesten Stücke auf eine Zeit ca. 900 Jahre v.Chr. datiert werden, die jüngsten dagegen konnten ungefähr ebenso wie die Tonkatzen dem Jahr 500 n.Chr. zugeordnet werden. Über einen Zeitraum von rund 1300 Jahren wurde die Höhle scheinbar als Opferstätte benutzt und dann wohl rituell versiegelt.

Bislang konnte aber weder Professor Kellerman noch einer seiner Kollegen die tatsächliche Bedeutung der Knochengrube bestimmen…